BRANDZEICHEN & BÄNDER

LENOX RANCH COWBOYS - BUCH 4

VANESSA VALE

HOLEN SIE SICH IHR KOSTENLOSES BUCH!

Tragen Sie sich in meine E-Mail Liste ein, um als erstes von Neuerscheinungen, kostenlosen Büchern, Sonderpreisen und anderen Zugaben zu erfahren.

kostenlosecowboyromantik.com

Copyright © 2015 von Vanessa Vale

Dies ist ein Werk der Fiktion. Namen, Charaktere, Orte und Ereignisse sind Produkte der Fantasie der Autorin und werden fiktiv verwendet. Jegliche Ähnlichkeit mit tatsächlichen Personen, lebendig oder tot, Geschäften, Firmen, Ereignissen oder Orten sind absolut zufällig.

Alle Rechte vorbehalten.

Kein Teil dieses Buches darf in irgendeiner Form oder auf elektronische oder mechanische Art reproduziert werden, einschließlich Informationsspeichern und Datenabfragesystemen, ohne die schriftliche Erlaubnis der Autorin, bis auf den Gebrauch kurzer Zitate für eine Buchbesprechung.

Umschlaggestaltung: Bridger Media

Umschlaggrafik: Wander Aguiar Photography; Deposit Photos: tampatra

Dieses Buch wurde bereits unter dem Titel Daisy veröffentlicht.

1

AISY

Mir war kalt. Bitterkalt. Mir war noch nie in meinem Leben so kalt. Wenn ich das hier überlebte, würde ich in jedem Zimmer meines Hauses einen bauchigen Ofen aufstellen und dicke Wollstrümpfe tragen, sogar im Sommer. Ich hatte schon lange das Gefühl in meinen Fingern und Zehen verloren, mein Kleid und Mantel fingen an, steif zu werden und zu gefrieren. Ich kroch über den verschneiten Boden, wobei ich es nur wenige Zentimeter vom Flussufer weg schaffte.

Zuerst hatte der Schock des Wassers mir die Luft aus den Lungen gepresst, aber direkt im Anschluss hatte er mich dazu angetrieben, aus selbigem zu entkommen. Doch es war zu spät. Ich war von Kopf bis Fuß nass. Mein Pferd, das mich abgeworfen hatte, stand ruhig neben dem Ufer, seine warme Schnauze rieb sich an mir. Meine Zähne klapperten laut. Ansonsten hätte ich mit dem Tier geschimpft, weil es nervös geworden war und mich abgeworfen hatte. Was das Tier dazu veranlasst hatte, zu steigen, wusste ich nicht so genau. Es war auch nicht länger wichtig, da niemand in der Nähe war. Die Prärie war flach, es gab lediglich vereinzelte kleine Erhebungen, in jeder Richtung lag meilenweit nur weites Land, die hohen Berge befanden sich im Westen. Ich hatte keine trockenen Kleider. Keine Decken. Ich hatte meine kleine Zwischenmahlzeit aus Brot und Käse vor einer Stunde gegessen.

Mein Plan war gewesen, Doktor James zu folgen, um herauszufinden, wohin er mehrmals die Woche verschwand. Der Mann war zu meiner Obsession geworden und seine Abwesenheit in der Stadt und der Mangel an Gerüchten über ihn hatten meine Neugier geweckt. Eine meiner Adoptivmütter, Miss Esther, wusste von Mr. Peters' eingewachsenem Zehennagel, Mrs. Rays schwieriger Steißgeburt, Bobby Cuthberts Krupp und den Windpocken der Maxwell Zwillinge. Sie wusste aber nichts über die Ausflüge von Doktor James und das bedeutete, der Mann hielt sich gut bedeckt.

Anders als manche Leute interessierte ich mich nicht für Gerüchte oder irgendwelche Wehwehchen der Stadtleute. Ich interessierte mich dafür, was es war, das Doktor James tat, von dem niemand wusste. Der Grund war eindeutig und ich hatte es bereits zugegeben: ich war besessen von dem Mann.

Ich versuchte, das Wasser aus dem Saum meines Kleides zu wringen, aber ich konnte meine Finger nicht bewegen. Das ließ mich an das erste Mal denken, als ich Doktor James gesehen hatte, als meine Obsession mit ihm ihren Anfang genommen hatte. Es war einer dieser Spätherbsttage gewesen, die überraschend warm sind, weil der Sommer noch nicht gewillt ist zu weichen, als ein Indianer namens Roter Bär im Warenladen direkt vor mir umgekippt war. Er war in die Stadt gekommen, um Büffelhäute, Wolle und Felle zu tauschen. Während Mr. Crane besorgt um den Mann gewesen war und seinen Sohn zu Doktor James geschickt hatte, hielten einige der anderen Kunden nicht so viel von den Indianern.

Nachdem ich Mr. Crane um ein feuchtes Tuch und einen Becher Wasser gebeten hatte, hatte ich mich neben den Mann gekniet, der einfach nur überhitzt zu sein gewesen schien. Ich hatte das kühle Tuch um seinen Hals geschlungen und auf Doktor James Ankunft gewartet. Ich hatte den neuen Arzt noch nicht kennengelernt, nur von Miss Esther von ihm gehört, die so ziemlich alles und jeden im Umkreis von fünfzig Meilen kannte. Meine verheiratete Schwester Rose hatte die erste Hälfte ihrer ersten Schwangerschaft bereits hinter sich und ihn ein paar Mal aufgesucht. Ihr Ehemann Chance war überfürsorglich und hatte sie eines frühen Morgens den ganzen Weg bis in die Stadt gebracht wegen etwas, das sich als Verdauungsstörung herausgestellt hatte. Also hatte sie von der Peinlichkeit einer unbegründeten Sorge abgelenkt, indem sie uns unverheirateten Lenox Mädchen – es gab noch fünf von uns – davon erzählt hatte, wie gut aussehend der Mann war.

Aufgrund dessen, was Rose berichtet hatte, hatte ich damit gerechnet, dass er attraktiv sein würde, als er in den Warenladen gerauscht war. Dennoch war es eine ziemliche Überraschung gewesen, als er sich neben mich gekniet hatte. Seine beeindruckende Gestalt hatte sich unter dem maßgeschneiderten Anzug klar abgezeichnet. Seine Hose hatte sich straff über seine Oberschenkel gespannt und seine dunklen Haare waren ordentlich und akkurat geschnitten gewesen.

Seine Hände hatten mich jedoch am meisten fasziniert. Ja, seine *Hände*. Sie waren groß, vielleicht doppelt so groß wie meine mit langen, stumpfen Fingern. Dunkle Haare sprossen vereinzelt auf dem Handrücken und seine Haut war von der langen Sommersonne gebräunt gewesen. Er hatte diese unglaublichen Hände zwar nicht auf bemerkenswerte Weise bei Rotem Bär zum Einsatz gebracht, aber als er den Indianer untersucht und sich um diesen gekümmert hatte, hatte ich überlegt, wie sie sich wohl auf meiner Haut anfühlen würden. Hätten sie harte Schwielen? Wäre sein Griff fest oder sanft? Wie würde er mich berühren? *Wo?*

Ich hatte bei dem Gedanken, dass dieser Mann sich auf solch methodische und ruhige Art um mich kümmerte, über meine Lippen geleckt. Der Mann verhätschelte nicht. Er war nicht in Panik geraten und hatte dankbar den Becher Wasser von Mr. Crane angenommen. Die Damen, die sich darüber aufgeregt hatten, dass der Indianer in ihrer Mitte umgekippt war, waren von der geradlinigen Art des Arztes beruhigt worden. Ich war erleichtert gewesen, als ich gesehen hatte, dass er keine Probleme damit hatte, dem Mann zu helfen und er war in meiner Achtung gestiegen.

Er war an diesem warmen Tag nicht ins Schwitzen geraten, anders als ich. Mir war äußerst heiß geworden und zwischen meinen Beinen war es überraschend feucht geworden.

Roter Bär hatte sich recht schnell erholt, nachdem er genug getrunken hatte.

„Das kühle Tuch und der Becher Wasser waren genau das, was er gebraucht hat, Mr. Crane", hatte Doktor James dem Ladenbesitzer erzählt. „Ich werde Sie vielleicht als Assistent einstellen müssen."

Der ältere Mann hatte eine kleine Tüte Mehl unter dem Arm geklemmt gehabt. „Das Lob gebührt Miss Lenox. Sie war diejenige, die schnell gedacht hat."

Ich wusste, was man tun musste, weil es gelegentlich auf der Ranch passierte. Ich hatte in einem Buch gelesen, dass ein kühles Tuch um den Hals dabei half, die Körpertemperatur einer Person zu senken und es schien Rotem Bär geholfen zu haben.

Doktor James hatte sich vergewissert, dass der Mann noch ein Glas Wasser trank und sich gut erholte, während er in einer schattigen Ecke des Ladens saß. Er hatte seine Arzttasche geholt und sich dann mir zugewandt. Seine dunklen Augen hatten in meine geblickt, bevor sie über mein Gesicht und meinen Körper hinabgewandert waren, was mein Herz einen Schlag aussetzen hatte lassen. Meine Handflächen waren feucht geworden und das Atmen war mir ziemlich schwergefallen. Vielleicht wäre ich die nächste, die in Ohnmacht fallen würde. Ich hatte noch nie zuvor eine solch...solch emotionale Reaktion auf einen Mann gehabt. Hyacinth und Rose hatten mir davon erzählt, aber ich hatte nur meine Augen verdreht und über diesen Irrsinn geschnaubt. Ich hatte mich eindeutig geirrt.

„Gute Arbeit, Miss Lenox."

Meine Wangen waren furchtbar heiß geworden und da ich zu aufgeregt gewesen war, um zu sprechen, hatte ich nur mit dem Kopf genickt.

Er hatte mir einen letzten Blick zu geworfen, seinen Hut wieder auf den Kopf gesetzt und ihn zum Abschied mit einem Finger angetippt. „Ladies", hatte er zu den älteren Frauen, die die Genesung beobachtet hatten, gesagt. Sein

Blick war einen kurzen Augenblick zu mir zurückgekehrt und hatte meinen gehalten, wie ich meinen Atem. „Miss Lenox." Er hatte auf der Hacke kehrt gemacht und war so schnell verschwunden, wie er hergekommen war.

Während das Stadtvolk wieder seinen Beschäftigungen nachgegangen war, hatte ich die verschwindende Gestalt des Arztes durch das Ladenfenster beobachtet. Das wundervollste Gefühl hatte mich durchströmt, als ob ich eine ganze Flasche von Miss Trudys Huckleberrywein getrunken hätte. Seine Stimme, sein Blick waren, wenn sie auf mich gerichtet gewesen waren, tatsächlich sehr potent gewesen.

„Doktor James ist ziemlich mysteriös", hatte eine Frau einer anderen zu gemurmelt.

„Ja, ich habe gehört, er komme aus dem Süden und sein Akzent zeugt ganz gewiss davon." Sie hatte ein Glas aus dem Regal genommen und die eingelegten Gurken gemustert. „Glaubst du Mrs. Atterburys selbstgemachte Essiggurken sind dieses Jahr gut?"

Das Gerede über Essiggurken hatte mich nicht interessiert. Ich war genervt gewesen, da ich den gesamten Tratsch über Doktor James hatte hören wollen. Ich war zu den vorgefertigten Kleidern gegangen, die ordentlich gefaltet auf einem Tisch gelegen hatten.

„Ich glaube, er kommt aus Georgia."

Georgia. Ich hatte mir nicht vorstellen können, dass Doktor James so affektiert war, wie ich es von anderen Bewohnern dieses Staates gehört hatte. Seine Stimme war tief und klar gewesen, aber er hatte stets leise geredet, während er Rotem Bär Fragen gestellt hatte. Die Buchstaben waren auf eine Weise von seiner Zunge gerollt, die zu seinem ruhigen Auftreten gepasst hatte.

„Ich habe ihn bis jetzt noch nicht gebraucht, aber er hat

sich um die Sommergrippe meines Neffen gekümmert." Eine Frau hatte eine Rolle Karostoff hochgehoben, ihn betrachtet, dann wieder auf den Tisch gelegt.

Die andere hatte sich näher zu ihr gebeugt. „Er ist ein attraktiver Mann. *Unverheiratet.*" Sie hatte das letzte Wort ausgesprochen, als wäre er von königlichem Blut anstatt ein einfacher Junggeselle. „Vielleicht sollte ihn deine Amanda in Erwägung ziehen?"

Ich kannte die Tochter der Frau. Sie war zwar recht freundlich, aber sie war zu sanftmütig, um zu dem neuen Arzt zu passen. Er brauchte jemanden mit einem flinken Verstand, einem eleganten Auftreten und einem hübschen Gesicht. Er brauchte...mich.

„Vielleicht, aber ich würde mir um ihre Sicherheit sorgen machen, wenn er sich mit Indianern abgibt." Sie flüsterte den letzten Teil, während sie in die Richtung schaute, wo Mr. Crane mit Rotem Bär plauderte. „Ich sollte ihn zum sonntäglichen Abendessen einladen und mehr herausfinden", überlegte sie. Sie hob entschlossen ihr Kinn. „Es ist nur angemessen, ihn in der Stadt willkommen zu heißen."

Ein neuer Mann in der Stadt wurde stets zum Thema müßigen Tratsches und Spekulationen und sorgte für überschwänglichen Elan unter den Frauen – besonders den Müttern unverheirateter Töchter – da es schwer war, im Montana Territorium einen würdigen Kandidaten zu finden. Ein Doktor war ein ziemlich guter Fang, aber eine Verbrüderung mit den Indianern wurde von einigen nicht gern gesehen.

Die Damen hatten miteinander geschnattert wie zwei Gänse, wahrscheinlich hatten sie bereits eine Ehe in nicht allzu weiter Zukunft gesehen.

Ich hatte das Kleid, das ich zu bewundern vorgetäuscht

hatte, wieder auf den Tisch gelegt und meinen eigenen Korb von der Theke geholt. Wenn ich Doktor James Aufmerksamkeit erregen wollte, wenn ich mich wieder so fühlen wollte, würde ich schnell sein müssen. Es war nur eine Frage der Zeit, bis eine dieser Frauen ihre Krallen in den armen Mann schlug und ihn zum Altar schleifte, damit er neben ihrer Tochter stand.

Da Doktor James neu in der Stadt war und sich der Unverfrorenheit dieser Frauen nicht bewusst war, war es mir zugefallen, ihn vor solch einer Grässlichkeit zu beschützen.

―――

Ich würde klatschnass, wie ich war, nicht lange in diesem Wetter überleben. Der Fluss war selbst im Sommer vom Schmelzwasser aus den Bergen eiskalt, aber da Dezember war, musste die Temperatur gerade so über dem Gefrierpunkt liegen. Dampf stieg vom Wasser auf, was darauf hinwies, dass es wärmer war als die Luft. *Denk ans Überleben, nicht an wissenschaftliche Fakten.*

Unglücklicherweise würde ich höchstwahrscheinlich hier draußen sterben, weil ich mein Interesse an Doktor James geheim gehalten hatte. In den zwei Monaten, die seit dem Vorfall im Warenladen vergangen waren, hatte ich ihn so gut im Auge behalten wie ich konnte – mit vier Schwestern und zwei Müttern zu Hause war es schwierig, eine neue Routine oder Interesse zu verbergen.

Zur gleichen Zeit war es aber auch leicht, übersehen zu werden, wenn so viele in einem Haus lebten, vor allem, weil ich gerne still in einer Ecke saß und meine Nase in ein Buch steckte. Bei all der Geschäftigkeit, die mit der Führung eines so großen Haushaltes einherging, war es schwer, mehr als auch nur ein bisschen Aufmerksamkeit zu erhalten. Dahlia hatte die meiste Aufmerksamkeit auf sich gezogen, weil sie leicht wild und offen gewesen war. Wir hatten uns nah gestanden und den Großteil unserer Zeit miteinander verbracht, wodurch ich in der Lage gewesen war, zumindest ein wenig dieser Aufmerksamkeit zu erhaschen. Aber Dahlia hatte Garrison Lee geheiratet und hatte ein deutliches Loch hinterlassen, das ich nur allzu schmerzlich spürte. Ich hatte eine Menge Zeit zum Lesen und um mir Gedanken über Doktor James Hände ...und andere genauso reizvolle Körperteile zu machen.

Und das hatte dazu geführt, dass ich einige unbedachte Entscheidungen getroffen hatte, wie beispielsweise dem Mann nach...irgendwohin zu folgen. Ich stöhnte wegen dem Schmerz in meinen Fingern.

Denk nach!

Ich könnte dem Pferd den Sattel abnehmen und die Decke darunter benutzen, aber ohne einen Unterschlupf und trockene Kleider würde mir das nicht viel bringen. Ich konnte nicht hierbleiben. Ich musste das Pferd besteigen und in der Hoffnung losreiten, den Weg nach Hause zu überleben. Dieser würde über eine Stunde dauern und ich hatte bestimmt nicht mehr so viel Zeit. Ich warf einen Blick in die andere Richtung, während mein Körper von Schaudern geschüttelt wurde. War Doktor James in der Nähe? Wenn ich weiter nach Westen ritt, würde ich ihn dann schneller erreichen, als wenn ich nach Hause zurückkehrte? Er besuchte sicherlich einen Patienten und das bedeutete, dass es dort einen Unterschlupf gab. Hitze. Sicherheit.

Ich stolperte zum Pferd und hob die Zügel an. Irgendwie gelang es mir, mich in den Sattel zu hieven, aber ich konnte nicht mehr aufrecht sitzen. Ich lehnte mich nach unten auf den Hals des Pferdes und er war warm unter meiner gefrorenen Wange. Indem ich meine Schenkel zusammendrückte, setzte ich das Pferd in Bewegung. Ich war dankbar, dass das alles war, was nötig war, da ich keine Kraft mehr hatte. Wir wandten uns in Richtung der untergehenden Sonne und der Berge und ich musste einfach hoffen, dass Doktor James, irgendjemand – egal wer! – in der Nähe war.

―――――

Gedanken wirbelten durch meinen Kopf, traten an die Oberfläche und verflüchtigten sich wieder. Ich wusste, dass das ein Zeichen von Unterkühlung war. Ich versuchte, mit den Fingern und Zehen zu wackeln, aber es schmerzte zu stark. Ich dachte an Roses Baby, das ich aller Wahrscheinlichkeit nach nie kennenlernen würde. Genauso wenig wie Hyacinths. Ich dachte an die Fahrt in die Stadt, als Doktor James Hyacinths Vermutung bestätigt hatte. Ich war mit ihnen gegangen. Das war erst vor wenigen Wochen gewesen. Das Traben des Pferdes ließ meine Gedanken zurück zu dieser Begebenheit wandern.

Jackson hatte den Wagen vor Doktor James Haus angehalten. Die Tür zu seiner Unterkunft befand sich an der Vorderseite, aber es gab noch einen Nebeneingang, der zu zwei Zimmern führte, die er für seine Praxis nutzte. Ich war ein oder zwei Mal als Kind dort drin gewesen, um den vorherigen Arzt aufzusuchen, einmal, als ich meinen Arm gebrochen hatte – Dahlia hatte mich die hintere Treppe hinabgestoßen – und ein zweites Mal, als drei von uns Mädchen verdorbenen Apfelwein auf dem Herbstfest getrunken hatten.

Doktor Monroe hatte mich bei Laune gehalten, indem

er mir seine medizinischen Niederschriften geliehen hatte. Sie waren für mich als Kind zu kompliziert gewesen, aber der ältere Mann hatte meine Begeisterung für die Wissenschaften erkannt und weiterhin sein Wissen mit mir geteilt, bis er in Rente gegangen und weggezogen war. Seit damals bestellte ich im Warenladen wissenschaftliche Aufzeichnungen und Bücher zu ungewöhnlichen und unterschiedlichen Themen. Allerdings hatte ich niemanden, mit dem ich mein Wissen teilen konnte.

Die gelangweilten und schrägen Blicke, die mir meine Familie zuwarf, wann immer ich ihnen etwas von dem Gelesenen erzählte, waren mir nur allzu vertraut geworden und hatten mich, auch wenn es von ihnen nicht beabsichtig war, verletzt. Ich hatte zugesehen, wie jeder Hyacinths Patchworkdecken oder Marigolds Gemälde bis in den Himmel gelobt hatte. Aber was ich in Büchern entdeckte, war für sie nicht gerade interessant, also hatte ich aufgehört, es ihnen zu erzählen. Das bedeutete aber nicht, dass ich aufhörte zu lesen. Ich behielt die Inhalte lediglich für mich. Wegen diesem angelesenen Wissen wusste ich jetzt, während ich unkontrolliert zitterte, dass dies der letzte Versuch meines Körpers war, mich warm zu halten. Meine trägen, durcheinander wirbelnden Gedanken hüpften von der Vergangenheit zur Gegenwart und wieder zurück. Es war, als würde ich träumen, aber ich war definitiv wach. Wenn ich schlafen würde, würde ich nicht solche Schmerzen empfinden. Meine Gedanken drehten sich wieder weiter.

Als ich an jenem Tag mit Hyacinth und Jackson gefahren war, war der Boden gefroren und es war bitterkalt gewesen. Jackson hatte Hyacinth und mir Decken für die Fahrt gegeben, aber die hatten nicht viel dazu beigetragen, mich zu wärmen, da ich in meiner Eile meinen Hut vergessen hatte. Meine Wangen hatten gebrannt und meine Ohrenspitzen waren taub geworden. Doktor James hatte die Tür auf Jacksons Klopfen hin geöffnet.

Nickend war er beiseitegetreten und hatte uns Einlass gewährt. „Mr. und Mrs. Reed, Miss Lenox."

Er hatte einen schwarzen Anzug mit einem blütenweißen Hemd getragen. Die dünne, dunkle Krawatte, die er angehabt hatte, hatte ihn steif und förmlich wirken lassen. In einer Ecke hatte ein Ofen gestanden, um den Raum zu wärmen. Ich hatte meine Handschuhe ausgezogen, während ich Doktor James angestarrt hatte.

„Entschuldigen Sie bitte, dass ich gestern absagen musste", hatte er zu Jackson und Hyacinth gesagt. „Ein kranker Patient hat außerhalb der Stadt meiner Hilfe bedurft."

„Das verstehen wir", hatte Jackson geantwortet und dann seinen Kopf gedreht, um mir einen bedeutungsvollen Blick zuzuwerfen.

„Ah, ja." Es war an der Zeit gewesen, dass ich mich aus dem Staub machte. Ich hatte die Einkaufsliste aus meiner Jackentasche gezogen und sie hochgehalten. „Ich werde den Korb holen und alles Nötige besorgen. Wird eine Stunde ausreichen?" Ich hatte die Frage an Doktor James gerichtet. Er hatte einmal genickt und mit seiner Hand auf die Tür im Zimmer gewiesen, damit Hyacinth und Jackson in das Untersuchungszimmer gingen.

„Auf jeden Fall", hatte Doktor James entgegnet, während meine Schwester und Schwager uns in dem Zimmer allein gelassen hatten. Seine Ein-Wort-Antwort war, worauf ich gehofft hatte. Ich hatte seinen einzigartigen Akzent hören und seine Gedanken kennen wollen. Etwas...irgendetwas von diesem Mann.

Ich hatte mich geräuspert und tief Luft geholt in der

Hoffnung, mein rasendes Herz zu beruhigen. Ich hatte mich danach gesehnt, so mit ihm zusammen zu sein, allein, aber da er nun groß und mit fast schon strengem Gebaren vor mir gestanden hatte, hatte ich nicht gewusst, was ich sagen sollte. „Ich gehöre dir", hätte nicht funktioniert. Über das Wetter zu reden, wäre für jemanden wie ihn ein zu triviales Thema gewesen. „Ich...ich habe gelesen, dass man herausgefunden hat, dass die allergische Reaktion auf einen Bienenstich der allergischen Reaktion auf das Verzehren einer Erdbeere gleicht."

Doktor James hatte eine dunkle Braue gehoben. Anstatt mit den Augen zu rollen, wie es Dahlia oft getan hatte oder mir ein Lächeln zu schenken, das darauf hindeutete, dass er mich nur bei Laune halten wollte, als wäre ich ein Kind, hatte er sich mit einem Finger gegen seine Unterlippe getippt.

„Tatsächlich? Dann ist es ja gut, dass es zu dieser Jahreszeit nicht nur keine Bienen gibt, sondern auch Erdbeeren keine Saison haben. Denjenigen, die ihnen zum Opfer fallen würden, wurde also eine Galgenfrist gewährt."

„In der Tat", hatte ich erwidert.

Innerlich hatte ich gestöhnt. Ich war eine absolute Idiotin. Warum würde ein Arzt von einem einfachen Mädchen aus dem Territorium etwas über Medizin lernen wollen? Amanda hätte sicherlich etwas Geistreiches und Humorvolles gesagt, wodurch sie auf den Mann noch attraktiver gewirkt hätte. Ich hingegen war wie ein lächerlicher Blaustrumpf rübergekommen. Peinlich berührt war ich auf der Ferse herumgewirbelt und hatte die Außentür geöffnet, um meine Einkäufe zu erledigen. Vielleicht konnte ich dann über einen intelligenten Kommentar nachdenken. Kalte Luft war hereingeweht.

„Miss Lenox."

Ich war bei der tiefen Stimme herumgewirbelt und hatte zu ihm geschaut, wobei ich die Tür mit meiner Schulter geschlossen hatte. Hoffentlich hatte er nicht den Eifer gesehen, den ich zu verbergen versucht hatte.

„Sie sind sehr belesen", hatte er festgestellt.

Ich hatte ihn leicht angelächelt. „Ich mag Naturwissenschaften."

„Haben Sie Bücher zu diesem Thema?" In seiner Stimme hatte kein Spott mitgeschwungen und er hatte aufrichtig interessiert gewirkt.

„Mr. Cane bestellt sie für mich und sie werden aus Denver hierhergeschickt. Ich hoffe, dass ich heute ein neues erhalten werde."

„Zu welchem Thema?"

Ich hatte auf meine Lippe gebissen vor Angst, es auszusprechen. „Dem Zugverhalten der Wasservögel Neuenglands."

Die dunkle Braue hatte sich wieder gehoben und ich hätte schwören können, dass sich auch sein Mundwinkel angehoben hatte. „Ich verstehe."

Als er nicht mehr gesagt hatte, hatte ich die Tür wieder geöffnet. Er war eindeutig nicht interessiert gewesen.

„Sie haben vergessen, Ihren Hut zu tragen", hatte er angemerkt. Seine Worte hatten mich innehalten lassen. „Der Winter kommt in diesen Teilen der Erde früh, wie ich erfahren habe. Es ist zu kalt, um ohne einen nach draußen zu gehen."

Ich hatte dümmlich genickt.

„Vielleicht würden Sie sich das nächste Mal, wenn sie in der Stadt sind, gerne ein Buch aus meiner Sammlung aussuchen...wenn Sie einen Hut tragen."

Ich hatte nur nicken können. „Vielleicht würden Sie gerne mein neues Buch lesen, wenn ich es beendet habe?"

Brandzeichen & Bänder

„Vielleicht werde ich es lesen. Viele dieser Vögel aus Neuengland ziehen nach Georgia, wo ich herkomme." Er hatte mit dem Kopf genickt. „Guten Tag, Miss Lenox."

Mein Mund war aufgeklappt und ich hatte wie angewurzelt dagestanden, als er mich verlassen hatte, um zu Hyacinth und Jackson zu gehen. Die Innentür war klickend hinter ihm ins Schloss gefallen. Obwohl ich mich aufgrund seiner Worte bezüglich meiner fehlenden Kleidung getadelt hätte fühlen sollen, hatte ich etwas völlig anderes empfunden. Es war das gleiche warme, weiche Gefühl gewesen, das ich verspürt hatte, als er mir im Sommer im Warenladen Komplimente gemacht hatte.

Ich hatte das Grinsen, das sich auf meinem Gesicht ausgebreitet hatte, nicht zurückhalten können und war davongeeilt, um die Einkaufsliste abzuarbeiten. Doktor James schien der Einzige zu sein, der sich aufrichtig für die Tatsache interessierte, dass ich das Lesen liebte und auch noch für die ungewöhnlichen Themen. Er war nur milde überrascht gewesen, aber hatte mich nicht dafür verspottet, dass ich so belesen war. Ganz im Gegenteil hatte er mir sogar angeboten, mir eines seiner Bücher zu leihen. Seine Aufmerksamkeit gab mir das Gefühl…besonders zu sein. Freude hatte mich durchströmt und mich auf eine Weise gewärmt, wie es ein Hut niemals tun könnte.

Warm…

Meine Gedanken kehrten zu meiner momentanen Lage zurück. Das Pferd trabte immer noch geradeaus, Schritt für Schritt. Es schien zu wissen, wohin es ging. Ich sollte einfach schlafen, dann würde alles besser werden. Mir würde nicht mehr kalt sein. Ich würde mich nicht mehr taub fühlen. Das schmerzhafte Beißen der Kälte war jetzt verschwunden. Ich konnte damit fortfahren, von Doktor James zu träumen, seine Stimme zu hören, mir das Gefühl seiner Hände vorzustellen. Das Pferd wieherte, dann beruhigte es sich. Meine Hände fielen von den Zügeln. Ich hatte losgelassen und hatte es nicht einmal gespürt. Ich konnte jetzt nur noch loslassen.

Schlaf. Ich würde nur für eine Minute schlafen.

2

THAN

Das Fieber, das sich in der Gruppe ausgebreitet hatte, schien seinen üblichen Verlauf zu nehmen. Die ältere Frau vor mir ruhte jetzt ruhig und bequem auf einem Fellbett. Ihre Tochter und Enkeltochter würden sich nun um sie kümmern. Ich drehte mich um und nickte ihnen zu und sie nahmen leise meinen Platz ein. Eine hielt einen Holzbecher mit heißer Brühe für die Frau zum Trinken. Als ich die Klappe zurückdrückte und aus dem Tipi trat, richtete ich mich wieder zu voller Größe auf und atmete die kalte Luft tief ein. Auch wenn die Luft im Inneren zirkulierte, war es im Heim eines Indianers häufig verräuchert. Ich streckte meinen Rücken und ließ meinen Hals kreisen, während ich die verschneite Landschaft betrachtete.

Das Montana Territorium war ganz anders als die flache baumreiche Landschaft, an die ich gewöhnt war. Es gab allerdings Ähnlichkeiten zu den Aufruhren und der

Niedergeschlagenheit, die man in den letzten zwanzig Jahren in Decatur, Georgia erlebt hatte. Der Krieg zwischen den Staaten hatte nicht nur das Land, sondern auch seine Einwohner zerstört. Politische Abenteurer aus dem Norden gingen rücksichtslos mit den Unterdrückten, den Verkrüppelten, den Armen um. In diesen Teilen des Landes, so weit weg von Georgia, gab es eine andere Art von Krieg, in dem Menschen von gewalttätigen Angreifern von ihrem Land vertrieben wurden. In diesem Fall wurde der Feind Indianer genannt. Was die Weißen den Menschen, denen dieses Land eigentlich gehörte, antaten, war etwas, das ich weder ertragen, noch gutheißen konnte. Ich hatte gedacht, ich wäre dem Bösen entkommen, aber ich hatte schnell gelernt, dass es überall war. Nichts änderte sich. Menschen änderten sich nicht und deswegen tat ich es auch nicht.

Ich würde weiterhin denjenigen in Not helfen, ganz egal welche Hautfarbe sie hatten, aus welchem Staat sie kamen oder welche politische Gesinnung sie vertraten. Diese Haltung war für meinen Beruf als Stadtarzt nicht gerade von Vorteil, weshalb ich meine Besuche des nahegelegenen Indianerdorfes geheim hielt.

Die Sonne sank tief am Horizont, die Tage waren zu dieser Jahreszeit so weit nördlich kurz. Der Himmel war jetzt noch immer größtenteils klar, aber der Häuptling hatte mir erzählt, dass sich das Wetter schon bald ändern würde. Seine Warnung hatte mir genug Zeit verschafft, dass ich vor Beginn meiner Schicht zur Stadt zurückkehren würde können. Wenn das hier gutes Wetter war, dann wollte ich mich in der Sicherheit meiner vier Wände befinden, bevor es sich verschlechterte.

In Georgia waren die Winter mild, feucht, kaum kalt genug, um auch nur für Bodenfrost zu sorgen und ich hatte in meiner Kindheit nicht einmal Schnee gesehen. Erst als ich weiter nördlich gezogen war, hatte ich ihn zum ersten Mal gesehen. Dies war mein erster Winter im Territorium und ich hatte mich noch immer nicht akklimatisiert. Während ich den Kragen meines Mantels aufstellte, fragte ich mich, ob ich das jemals tun würde.

Als ich gerade meine Tasche am Sattel befestigte, veranlasste mich das laute Geräusch sich schnell bewegender Pferde dazu, mich umzudrehen. Die Indianer, die in der Nähe der kleinen Ansammlung Tipis und der zentralen Feuerstelle arbeiteten, drehten sich ebenfalls um. Sie waren darauf trainiert, nach Gefahr Ausschau zu halten, da sie oft in Form des weißen Mannes auftauchte.

Diese Reiter waren jedoch Indianer. Anstatt an dem abgezäunten Bereich, den sie als Koppel nutzten, anzuhalten, ritten sie geradewegs zu mir. Sie trugen eine Mischung aus indianischen Gewändern und Kleidern des weißen Mannes. Neben Pfeil und Bogen war auch ein Gewehr an einen der Sättel gebunden. Es waren jedoch nicht die Männer, die bemerkenswert waren, oder dass einer der Reiter kein Mann, sondern ein Junge von ungefähr zehn Jahren war. Es war der Körper, der über dem Pferd von Rotem Bär hing, gerade oberhalb des Sattels. Eine seiner Hände ruhte auf dessen Rücken.

Zuerst hielt ich die Person für einen Mann, aber dann sah ich lange Röcke, die unter dem dunklen Mantel hingen, Frauenstiefel. Ich konnte ihr Gesicht nicht sehen, aber ich wusste allein aufgrund der Schuhe, dass es sich um eine weiße Frau handelte.

„Du musst helfen", sagte Roter Bär und deutete mit seinem Kinn auf die Frau. Seit ich ihm vor einigen Monaten im Warenladen geholfen hatte, waren wir…Freunde geworden. Wir waren in soweit befreundet, dass er mir vertraute, dass ich jeden behandeln würde, der Hilfe brauchte, und gleichzeitig helfen würde, den Stamm vor jeglichen Weißen, die ihnen schaden wollten, zu beschützen. Im Gegenzug verstand er die sorgfältige Balance, die ich wahren musste, indem ich meine Besuche geheim hielt.

Ich marschierte schnell zu ihnen und trat um das Pferd herum zu ihrem Kopf. Ich legte eine Hand auf ihren oberen Rücken. „Sie ist nass!", stellte ich fest. Ihre dunklen Haare hingen in nassen Strähnen nach unten, manche Stellen begannen sogar schon zu gefrieren und ich griff an ihren Hals, um nach einem Puls zu suchen. Ihre Haut war kalt unter meinen Fingern. Tödlich kalt.

Ich bewegte meine Finger suchend und tastend über die Säule ihres Halses. Da! Er war schwach, aber sie lebte.

Ich atmete erleichtert aus. „Beeilt euch. Wir müssen sie aufwärmen." Ich packte sie unter den Armen und zog sie eilig, dennoch vorsichtig, vom Pferd, um sie aufzufangen und in meine Arme zu heben. Sie war wie Eis. Sie musste in einen Fluss gefallen sein, um so nass zu werden und trotzdem lebte sie. Es musste erst vor kurzem passiert sein, ansonsten wäre sie bereits tot. Niemand konnte in ihrem Zustand lang ohne Unterschlupf oder Wärme überleben.

Roter Bär führte mich in ein nahegelegenes Tipi, hielt die Zeltplane hoch und ließ mich eintreten.

„Es ist sie."

Ich runzelte die Stirn, da ich nicht wusste, wer *sie* war.

„Ich werde Brühe schicken, heiße Steine. Zusätzliche Felle." Während er vom Eingang her sprach, legte ich die Frau auf ein dickes Fellbett und strich die klatschnassen Haare aus ihrem Gesicht. Durch das Streicheln meiner Hände über ihre feuchte Haut wurde allmählich ihre Identität offenbart.

Brandzeichen & Bänder

„Scheiße", fluchte ich, dann gab ich noch eine Reihe weiterer Schimpfworte von mir.

Es handelte sich um Daisy Lenox, die einzige Kundin im Warenladen, die an jenem Tag Rotem Bär geholfen hatte. Ihre Haut hatte praktisch alle Farbe verloren. Selbst bewusstlos und mit blauen Lippen bestand kein Zweifel. Was zur Hölle trieb sie hier draußen mitten im Nirgendwo, nass und sterbend? Ich knirschte mit den Zähnen, während ich ihren festen Mantel betrachtete, der sie nicht warmhalten konnte, wenn sie sich in der offenen Prärie verlief. Dünne Handschuhe bedeckten ihre Hände, kein Hut. War er runtergefallen oder hatte sie keinen getragen? Ich wollte sie übers Knie legen und ihr den Hintern versohlen, weil sie sich in diese gefährliche Situation gebracht hatte, aber wenn sie tot war, würde ich das nicht tun können. Also machte ich mich an die Arbeit, sie zu retten, wie ich jeden anderen in meiner Obhut rettete.

Ich öffnete geschickt ihren Mantel, während ich darüber nachdachte, was ich über diese Frau wusste. Sie war mindestens ein Jahrzehnt jünger als meine fünfunddreißig Jahre, höchstwahrscheinlich sogar mehr. Seit ich sie das erste Mal gesehen hatte, hatten sich meine Gedanken oft um ihre dunklen Haare, ovales Gesicht, vollen Lippen, sogar um die kleine Falte, die sich auf ihrer Stirn bildete, wenn sie sich auf etwas konzentrierte, gedreht. Relativ häufig schien ihre Aufmerksamkeit auf mich gerichtet zu sein.

Ich war daran gewöhnt, aufmerksam von jungen Damen und ihren Müttern beobachtet zu werden. Sie waren überall gleich, von Georgia bis zum Montana Territorium und in jeder Stadt dazwischen. Es schien, als wäre mein Status als Junggeselle sogar wichtiger als mein Abschluss in Medizin. Ich hatte angenommen, dass Daisy zu dieser Gruppe zählte, aber als sie Rotem Bär an jenem Tag, an dem er umgekippt war, die angemessene Pflege hatte zuteil werden lassen, hatte ich sie in einem neuen Licht gesehen. Sie war klug und schien alles andere als mädchenhaft oder mild zu sein. Und sie hatte keine Angst vor einem Indianer.

Als sie mit ihrer Schwester Hyacinth in die Stadt gekommen war, hatte mich ihr Wissen über Naturwissenschaften überrascht. Ich hatte nur einen Augenblick Zeit gehabt, um mich mit ihr zu unterhalten. Ich hatte damit gerechnet, dass sie irgendwelchen Unfug über das Wetter verzapfen würde oder über den anstehenden Stadttanz, wie es die meisten jungen Mädchen tun würden. Stattdessen hatte sie über die körperlichen Reaktionen auf Bienen geredet. Ich war sofort fasziniert gewesen. Ich war…geradezu verzaubert gewesen. Erregt. Sogar noch mehr, als ich sie dafür gescholten hatte, keinen Hut bei dem kalten Wetter getragen zu haben. Anstatt von meinem Ton eingeschüchtert zu sein, war sie…erfreut gewesen. Ich hatte das Aufblitzen von Freude in ihren Augen gesehen. Natürlich hatte ich sie mit dem Angebot meiner wissenschaftlichen Bücher gelockt. Mit ihrem Schwager Chance Goodman war sie einmal zurückgekehrt, um ein Buch auszuleihen und sie hatte einen Hut getragen. Sie war nicht lang geblieben, weil ich einen Patienten gehabt hatte, um den ich mich hatte kümmern müssen. In jenem Moment hatte ich jedoch gewusst, dass ich wollte, dass Daisy Lenox die Meine wurde.

Ich war der Erste, der zugab, dass ich nicht der liebevollste aller Männer war. Ich verhätschelte nicht. Ich war im Bett nicht einmal sonderlich empathisch. Ich hatte Geheimnisse. Ich konnte mich auf keine Frau einlassen, nicht einmal indem ich ihr den Hof machte, der es an Diskretion mangelte und die Vorurteile oder Angst vor den Indianern hatte. Wenn mein Geheimnis ans Licht käme, würde ich mit Sicherheit meinen Job verlieren und dann wären die Indianer ohne medizinische Versorgung und, noch schlimmer, wahrscheinlich in Gefahr.

Deswegen hatte ich vorsichtig so viele Informationen über sie gesammelt, wie ich sie den Stadtleuten abschwatzen hatte können, ohne Verdacht zu erregen. In Bezug auf Klatsch und Tratsch gab es keinen großen Unterschied zwischen einer Stadt ganz im Süden und einer im Montana Territorium. Die Nachrichten von Hochzeiten, Todesfällen, Gicht, einem Pie-Rezept, neuen Frisuren und sogar, wer schon bald vor den Altar treten würde, breiteten sich ähnlich schnell aus wie die Masern.

Daher wusste ich eine ganze Menge über die Lenox Familie. Es gab Gerede darüber, dass die zwei Schwestern ehemalige Bordellbesitzerinnen seien, aber seit ich sie eines Morgens an der Mühle getroffen hatte, zog ich die Glaubwürdigkeit dieses Gerüchts in Zweifel. Für mich war nicht wichtig, was sie in ihrer Vergangenheit getan hatten und es schien, als vertrete die Stadt eine ähnliche Meinung, da sie große Stücke auf die beiden hielt. Ich wusste, dass sie acht kleine Mädchen adoptiert hatten, die alle während des großen Brandes von Chicago zu Waisen geworden waren. Da sie alle nach Blumen benannt waren, war es ziemlich einfach, eine Lenox zu identifizieren, auch wenn sie alle unterschiedlich aussahen. Ich hatte Rose kennengelernt, da sie ein Kind erwartete und die Zeit ihrer Niederkunft schnell näher rückte. Hyacinth war ebenfalls in anderen Umständen, aber würde das Kind nicht vor dem Spätsommer zur Welt bringen. Dahlia musste ich erst noch kennenlernen. Nach dem Tratsch über sie zu urteilen, war sie ein ziemlicher Wirbelwind gewesen, bevor sie Garrison Lee geheiratet hatte.

Aber es gab nur eine Lenox, an der ich ein besonderes

Interesse hegte. Daisys Haare waren so dunkel wie meine und schienen leicht gelockt zu sein. Obwohl sie zu einem festen, sittsamen Knoten in ihrem Genick frisiert waren, drohten sie nämlich den Nadeln, die sie fixierten, zu entkommen. An jenem heißen Tag, als Roter Bär ohnmächtig geworden war, hatte ich gesehen, dass lange Strähnen ihren schmalen Hals hinabgehangen hatten.

Ich hatte sie im Vorbeigehen, in der Kirche oder wenn sie den Gehweg hinablief, gesehen. Aber erst nach dem Vorfall im Warenladen, hatte ich tatsächlich Notiz von ihr genommen und bemerkt, dass sie meinen Weg häufiger kreuzte. In der Tat wusste ich, als das Wetter kälter wurde, dass ich von ihr geradezu beobachtet wurde.

Ich mochte zwar ähnlich stark auf sie fokussiert sein, aber ich weigerte mich, diesbezüglich etwas zu unternehmen. Sie wollte meine Aufmerksamkeit, aber außer ihr Bücher zu leihen, konnte ich meinem Interesse kaum nachgehen. Sie war liebreizend und klug und eine Frau, die es wert war, umworben zu werden. Außerordentlich intelligent. Nichtsdestotrotz hatte ich einfach nicht die Zeit gefunden, mich dieser bestimmten Aufgabe zu widmen, da ich von denen, die meiner Dienste bedurften, in verschiedene Richtungen gezogen wurde.

Dennoch hätte ich wohl umsichtiger mit ihrem Interesse umgehen sollen, da sie in diesem Fall jetzt nicht dem Tod nah wäre. Wenn sie von meinem Interesse an ihr gewusst hätte, wenn sie die *Meine* wäre, hätte sie ganz bestimmt nicht etwas so Riskantes oder Dummes getan, denn sie hätte gewusst, dass mein heftiger Beschützerinstinkt zu strengen Bestrafungen führte.

Es war schwer die Knöpfe an der Vorderseite ihres durchweichten Kleides zu öffnen, aber es gelang mir schließlich und ich zog das Kleidungsstück grob nach unten

Brandzeichen & Bänder

und von ihrem Körper. An ihren Füßen angelangt, zog ich ihr die Stiefel aus, dann entfernte ich ihre weißen Strümpfe. Meine Sorge um sie ließ meine Handlungen unpersönlich bleiben. Während ich mit meinen Händen über ihre wohlgeformten Waden und hinter ihre Knie fuhr, ihr Korsett auszog und dann ihr dünnes Unterhemd, bis sie bis auf die Haut entkleidet war, dachte ich nur daran, sie am Leben zu halten. Ich hatte natürlich die Fülle ihrer Brüste bemerkt, sowie die hellrosa Farbe ihrer Nippel, aber ich würde ein anderes Mal darüber nachdenken. Wenn sie überlebte. Nur wenn es ihr wieder gut ging, würden wir besprechen, was da zwischen uns war.

Haut an Haut Kontakt war das beste Mittel, um eine Person aufzuwärmen. Daher zog ich meine eigene Jacke und Hemd aus. Ich glitt hinter sie, sodass ihr Rücken fest an meine Vorderseite gepresst wurde und zischte bei dem Kontakt mit ihrer kalten Haut auf. Ich griff nach oben, warf die Decken über uns und rieb sanft über ihre Haut – ihre Arme, Beine und über ihren Bauch – um die Hitze zurückzubringen.

Zwei Frauen betraten das Tipi. Eine nutzte ein Tuch, um Steine aus dem Feuer zunehmen und sie unter die Felle zu legen, dann ging sie so schnell, wie sie gekommen war. Die andere trug einen Becher Brühe und kniete sich neben das Bett. Daisy musste auch von innen gewärmt werden. Also brachte ich uns beide in eine Position, in der sie trinken konnte. Falls die Frau Sorge um Daisys Tugend hatte – da sie nackt mit einem halb bekleideten Mann in einem Bett lag, selbst wenn er ihr nur dabei half, am Leben zu bleiben – so gab sie keinen Kommentar dazu ab. „Daisy, wach auf", drängte ich sie.

Ich fuhr fort, mit ihr zu reden, meine Hände über ihre Arme und Oberkörper zu reiben, darauf bedacht, die Felle über ihr nicht zu verschieben. Die Frau ging, um eine Decke zu holen, die neben dem kleinen Feuer aufgewärmt worden war. Sie kehrte zurück und wickelte sie um Daisys Kopf und Hals, sodass nur noch ihr Gesicht herausschaute.

„Komm schon, Liebes, es ist an der Zeit, etwas Warmes zu dir zu nehmen."

Ich wusste nicht, wie lange ich ihr gut zuredete, während ich ihre kalte Haut rieb. Die Indianerfrau half mir, bis Daisy sich zu regen begann, dann führte sie den Becher an ihre Lippen.

„Trink, Daisy." Ich senkte meine Stimme und verlieh ihr einen Befehlston. Wenn alle Überredungskunst versagte, dann würde vielleicht eine strenge Anweisung helfen. Ich holte entschlossen Luft und versuchte es wieder. „Miss Lenox. Trink."

Ihre Lippen öffneten sich das kleinste bisschen und die Indianerfrau war in der Lage, den Becher so zu neigen, dass etwas der warmen Flüssigkeit Daisys Zunge benetzte.

Sie stöhnte, aber ließ es zu. Langsam, quälend langsam, trank sie alles. Die Indianerfrau wischte mit einem Tuch Daisys Kinn ab, nickte und ging.

Daisy würde leben. Sie wusste es und ich wusste es ebenfalls. Daisy zitterte von neuem. Das war ein vielversprechendes Zeichen. Sie hatte die lebensbedrohliche Stufe der Unterkühlung überwunden. Ihre Haut war deutlich wärmer und ich begann unter den dicken Fellen zu schwitzen. Als das Zittern vollständig verebbte, schlief sie. Ich stemmte mich auf meinen Ellbogen und schob die Decke aus ihrem Gesicht, in dem ich nicht mehr die winzigen Adern unter ihrer Haut sehen konnte. Ihre Lippen waren auch nicht mehr blau und die Haare, die ich nach hinten strich, waren halb trocken.

Da ich mir nun sicher war, dass sie mir nicht mehr

wegsterben würde, schlugen meine Gedanken eine sexuellere Richtung ein. Ihre Haut war unglaublich weich, die Farbe ähnelte Milch. Ihre Haare, die wild zerzaust waren, waren dunkel und begannen sich zu locken. Ihre gleichermaßen dunklen Wimpern waren lang und berührten ihre Wangen. Sie war wunderschön und ich war froh, dass mir dieser Moment geschenkt wurde, in dem ich ihr so nah war, dass ich das erkennen konnte. Aus der Distanz, die ich normalerweise zu Daisy und anderen jungen Frauen einhielt, waren mir diese Nuancen entgangen, die ich mehr als reizvoll fand. Und das waren nur meine Entdeckungen bezüglich ihrer Vorzüge *über* den Fellen.

Unter ihnen war sie üppig. Meine Hand streichelte über die breite Ausdehnung ihrer Hüften, die sich zu einer schmalen Taille verjüngten. Ihr Bauch war flach, ihr Bauchnabel eine kleine Kuhle. All das ertastete ich mit meiner Hand. Ich warf den Stapel Decken zurück und schwang meine Beine hinaus, da ich völlig überhitzt war. Daisy war nicht länger kalt und das veränderte alles. Ich zog einen Stiefel aus, dann den anderen, zerrte meine Socken von den Füßen, während ich Daisys nackten Körper betrachtete. Mein Schwanz wurde hart und ich verlagerte ihn in meiner nun eng gewordenen Hose.

Dieses Mal betrachtete ich sie nicht mit den prüfenden Augen eines Arztes. Jetzt sah ich sie als Mann und sie war keine Patientin, sondern eine Frau. Eine Frau mit vollen, runden Brüsten. Die Nippel waren nicht mehr fest zusammengezogen, sondern stumpfe rosa Spitzen, die mir das Wasser im Mund zusammenlaufen ließen. Die Haare zwischen ihren Schenkeln wirkten seidig und waren so dunkel wie die auf ihrem Kopf. Da ihre Beine leicht gespreizt waren, konnte ich einen Hauch ihrer Pussy erspähen, einen neckenden Blick auf ihre perfekten rosa unteren Lippen erhaschen.

Es juckte mich in den Fingern, sie zu berühren, aber das würde ich nicht tun. Ich war kein Lustmolch und auch wenn ich mir diesen Moment gönnte, um sie ausgiebig zu mustern, war sie weder wach noch stimmte sie dem zu. Wenn ich mit Daisy schlief, denn es stand jetzt außer Frage, dass diese Frau die Meine werden würde, wollte ich, dass sie wach und sehr, sehr begierig war. Deswegen kletterte ich aus dem Bett und hüllte sie wieder in die Decken. Sie war – noch – nicht die Meine und ich würde sie nicht entehren.

Ich ging zu einem kleinen dreibeinigen Hocker und setzte mich mit den Händen auf den Knien. Ich rieb mir mit der Hand über meinen Nacken und dachte über die Zwickmühle nach, in der ich mich befand, während ich Daisy beim Schlafen beobachtete. Die Tipiwände zitterten im Wind, der aufgekommen war. Der Indianer hatte recht behalten – ich hatte nicht an ihm gezweifelt, da die Indianer mehr im Einklang mit der Erde waren als es irgendein weißer Mann je sein könnte – das Wetter verschlechterte sich. Daisy würde mindestens einen Tag im Bett bleiben müssen und der aufziehende Schnee würde uns dazu zwingen, hier zu bleiben, möglicherweise sogar länger.

Auch wenn sie zweifellos nicht beabsichtigt hatte, in eiskaltes Wasser zu fallen, höchstwahrscheinlich einen Fluss, hatte sie trotzdem einen neuen Weg für sich und auch mich eingeschlagen. Ich erzählte niemandem, dass ich den Indianern genauso wie den Stadtleuten half, weil einige Leute nicht gerade glücklich darüber wären. Wenn mir meine Stelle entzogen werden würde, könnte ich niemandem mehr helfen. Was Daisy betraf, so bezweifelte ich, dass sie ihrer Familie erzählt hatte, dass sie durch die Lande streifen würde. Das bedeutete, niemand wusste, wo sie war. Wenn das der Fall war, war das Grund genug für eine Bestrafung. Ich war jetzt in der Position, sie ihr zu erteilen. Daisy Lenox brauchte eindeutig eine strenge führende Hand und auch wenn sie sich dessen vielleicht noch nicht bewusst war, hatte sie doch mich für diese Langzeitrolle auserkoren.

3

AISY

Mir war so warm! Ich zog meine Knie zu meinem Bauch und rieb meine Wange über das weiche Kissen. Ich hörte das Pfeifen des Windes und vergrub mich noch tiefer unter den Decken, dankbar, dass ich in meinem Bett und nicht in dem Sturm war, der sich zusammenzubrauen schien.

„Hör auf zu zappeln."

Meine Träumerei wurde von einer sehr männlichen Stimme direkt hinter mir unterbrochen. Ich war nicht zu Hause. Ich war nicht in meinem Bett und ich war nicht allein. Mein Kissen war überhaupt kein Kissen, denn als ich meine Augen öffnete, blickte ich direkt auf den Unterarm eines Mannes, der mit dunklen Haaren gesprenkelt und sehnigen Muskeln versehen war. Er war fest gegen meinen Rücken gedrückt und sein anderer Arm war um meine Taille geschlungen und die große Hand...die große Hand umfasste meinen Busen!

Brandzeichen & Bänder

„Oh!", kreischte ich und versuchte, wegzurutschen, aber sein Griff war zu fest. Meine Rutscherei drückte meinen Busen nur noch fester in seine Handfläche und ich spürte, wie sich meine Nippel zusammenzogen. Etwas drückte gegen meinen Hintern.

„Ich sagte, hör auf zu zappeln", wiederholte der Mann.

„Aber...ich...warum?"

Ich konnte nicht sprechen, meine Worte blieben mir in der Kehle stecken.

„Du bist in den verdammten Fluss gefallen und hättest sterben können."

Ich erinnerte mich und das beruhigte mich mehr als der Befehl des Mannes. Das Pferd hatte mich abgeworfen und ich war in den Fluss gefallen. Mir war so kalt gewesen, dass ich dem einfach nachgegeben hatte und eingeschlafen war.

Ich befeuchtete meine trockenen Lippen. „Ich bin nicht gestorben."

„Du magst überlebt haben, aber im Moment, Liebes, ist das hier die reinste Hölle." Der Mann nahm seine Hand von meinem Busen und erlaubte mir, wegzurutschen. Ich kannte diese Stimme! Ich sprang unter den Decken hervor. „Doktor James!"

Meine Füße berührten den eiskalten Boden und ich sah an mir hinab. Ich kreischte, da ich nun wusste, dass er jeden nackten Zentimeter meines Körpers sehen konnte. Er hielt die Felle hoch und ich sprang wieder darunter, achtete aber darauf, so weit wie möglich von ihm wegzurutschen und gleichzeitig im Bett zu bleiben.

„Ich...ich bin nackt!"

Sein Gesicht war nur dreißig Zentimeter von mir entfernt und ich konnte seine pechschwarzen Wimpern sehen, sowie die ebenso dunklen Bartstoppeln, die sein kräftiges Kiefer bedeckten. Die Haare auf seinem Kopf, die normalerweise ordentlich und streng frisiert waren, waren zerzaust, als ob er geschlafen hätte. Mit mir. Hatte er sich irgendwelche Freiheiten herausgenommen? Mein Körper fühlte sich nicht anders an, aber würde er das, falls der Mann mich angefasst hatte? Meine Nippel waren hart und zwischen meinen Beinen fühlte ich Feuchtigkeit, aber waren das Anzeichen dafür, dass man von einem Mann genommen worden war?

„Beruhige dich", erwiderte er. „Ich kann deinen Puls sogar von hier an deinem Hals hämmern sehen."

Ich legte schnell meine Hand über die Stelle, auf die er hinwies. „Wo...wo sind meine Kleider? *Warum* trage ich sie nicht?"

„Sie waren nass und kalt und du warst am Sterben. Ich habe mich dafür entschieden, dich lieber am Leben zu halten, als mich um deine Sittsamkeit zu sorgen", antwortete er.

„Und jetzt?" Ich zog die Decke bis zu meinem Hals hoch. Mir war nicht länger kalt. Tatsächlich schwitzte ich sogar, aber ich hatte das Gefühl, dass das nichts damit zu tun hatte, dass mir zu warm war.

„Ich bezweifle, dass deine Kleider bereits trocken sind oder das in nächster Zeit sein werden."

„Dann soll ich also nackt bleiben?"

Doktor James setzte sich auf und ließ die Felle zu seiner Taille rutschen. Meine Augen weiteten sich beim Anblick seines Körpers. Seine Schultern waren breit. Auf seiner Brust hatte er flache, altrosafarbene Nippel. Dazwischen befand sich eine Ansammlung dunkler Haare, die sich zu seinem Bauchnabel hin verjüngten. Von dort formten sie eine schmale Linie, die unter die Felle führte. Wie konnte er nur so muskulös sein, so hart? So groß? Ich hatte jeden harten Zentimeter dieses Körpers an meinem Rücken gespürt. Ich schluckte.

„Gefällt dir, was du siehst?" Seine Worte veranlassten mich dazu, meinen Blick von seinem Bauchnabel zu heben. Sein Blick war bohrend, dunkel und...intensiv, aber kein bisschen besorgt um seine Sittsamkeit – oder meine.

Er griff nach etwas und ich erhaschte einen Blick auf die lange Linie seines Rückens und sogar seine dunkle Hose. Ich seufzte, erleichtert von dem Wissen, dass er nicht vollständig nackt war. Das hielt mich jedoch nicht davon ab, ihn ausgiebig zu betrachten.

So sah ein Mann aus? Kein Wunder, dass Hyacinth und Rose schwanger waren. Ich würde Doktor James die ganze Zeit über nackt sein lassen, wenn er mein Ehemann wäre. Auch wenn er in seinen eleganten Anzügen außerordentlich gut aussah, brauchte er sie kein Stück.

„Hier." Er warf mir etwas zu und ich schnappte es mir.

„Dein Hemd?", fragte ich, wobei ich beschloss ihn ebenfalls zu duzen, da er sich auch nicht darum zu scheren schien. Mein Blick huschte zu ihm.

Er zuckte mit den Achseln. „Es ist sauber und trocken. Du kannst natürlich auch nackt gehen."

Ich steckte meine Arme in die Ärmel und begann, das Hemd zuzuknöpfen. Während ich das tat, beobachtete Doktor James wie meine Brüste bedeckt wurden. Sein Geruch drang von dem Stoff in meine Nase, sauber und herb.

„Wo sind wir?" Ich betrachtete unsere ungewöhnliche Umgebung. Das Zimmer war rund und die Wände verjüngten sich oben fast zu einem Punkt, nur eine kleine Öffnung blieb, damit der Rauch des kleinen Feuers in der Mitte des Bodens abziehen konnte. Die Wände waren blickdicht, aber ließen Licht durchscheinen.

„Das ist ein Tipi. Wir befinden uns in einem Indianerdorf mehrere Meilen westlich der Stadt."

Ich hatte Roten Bär kennengelernt, als er im Warenladen Güter getauscht hatte, aber ich hatte noch nie ein Indianerdorf gesehen, ganz zu schweigen davon in einem Tipi geschlafen.

„Du hast mich hierhergebracht?" Ich fuhr fort, mich umzuschauen. Es war so anders als mein Zuhause, mein Schlafzimmer.

„Das habe ich nicht. Roter Bär hat dich gefunden und dich hierher zu mir gebracht."

Ich hielt inne, meine Finger erstarrten über dem untersten Knopf. „Du hilfst den Indianern?"

Er legte seinen Kopf leicht schief. „Ich behandle sie, wenn es nötig ist, ja."

Vielleicht fragte er sich, ob es mich störte, dass er die Eingeborenen behandelte. Es störte mich nicht. Mein unbekleideter Zustand hingegen *störte* mich. „Das erklärt nicht, warum wir uns ein Bett geteilt haben…nackt."

„Die beste Methode, um jemanden aufzuwärmen, der unterkühlt ist, ist – "

„All seine Kleider zu entfernen und ihn mit einem anderen Körper zu wärmen", beendete ich den Satz, da ich den Wahrheitsgehalt seiner Worte kannte.

Er musterte mich für einen Augenblick, dann nickte er.

„Mir geht es jetzt gut. Du hättest dich wieder anziehen können." Ich deutete mit meinem Kinn in seine Richtung, um auf seine nackte Brust hinzuweisen.

„Das hätte ich tun können, ja", erwiderte er.

„Du bist schamlos", erklärte ich ihm.

„Würdest du mir gerne mein Hemd zurückgeben, damit ich nicht so schamlos bin?"

Obwohl die Knöpfe dafür sorgten, dass das Hemd geschlossen blieb, umklammerte ich die Vorderseite.

Ich schüttelte den Kopf und antwortete grimmig: „Nein, Danke."

„Stirbst du gerade?", erkundigte er sich.

„Nein." Ich verdrehte die Augen über seine lächerliche Frage.

„Dann bist du nicht meine Patientin. Ich bin nicht mehr als ein Mann im Bett mit einer nackten Frau."

Mein Mund klappte bei seiner Unverschämtheit auf. „Wie kannst du es wagen – "

Er wandte mir sein Gesicht zu. „Wie ich es wagen kann? Du bist diejenige, die hinaus in die Kälte gegangen ist. Du bist diejenige, die niemandem von ihrem Vorhaben erzählt hat. Du bist diejenige, die schlecht für das Wetter vorbereitet war. Kein Hut. Keine Decke oder zusätzliches Essen. Liege ich richtig mit diesen Annahmen?"

Sein rollender Akzent nahm seinen Worten nicht die Schärfe. Zerknirscht schaute ich hinab auf meine Hände und nickte.

„Sag es, Daisy."

Ich schaute durch meine Wimpern zu ihm hoch. „Was soll ich sagen?"

„Sag, was du getan hast."

Der Mann hatte eine Engelsgeduld. Während ich dasaß und mich unter seinem unversöhnlichen Starren wand, wartete er. Und wartete. Er würde es mir nicht leicht machen, da ich falsch gehandelt hatte. Ich war unvernünftig gewesen und hatte mich in Gefahr gebracht. Ich hätte sterben können.

„Ich bin ohne Vorbereitung in die Kälte gegangen und habe niemanden davon in Kenntnis gesetzt."

Die Wahrheit zuzugeben, war hart, die Schuld, die ich verspürte, war erdrückend.

Ich sah ihn einmal nicken.

„Auf deinen Rücken. Ich werde für ein paar Minuten dein Arzt sein, um dich auf eventuelle Schäden zu untersuchen. Auch wenn wir uns beide einig sind, dass dein Leben nicht länger in Gefahr ist, möchte ich sicherstellen, dass du keine Erfrierungen hast."

Ich sah ihn aus schmalen Augen an, aber er hob im Gegenzug nur seine Augenbraue. Ich wollte mich nicht noch mehr prüfenden Blicken aussetzen, als ich es ohnehin schon getan hatte.

„Jetzt, Daisy."

Ich spitzte die Lippen und gab ein genervtes Schnauben von mir, während ich mich zurück auf die sehr warmen Felle legte. Ich zog die Decke wieder hoch bis zu meinem Kinn und Doktor James zerrte sie nach unten. Nur die untere Hälfte meiner Beine war bedeckt, weshalb ich den Saum seines Hemdes über meine Schenkel zog.

Seine Hand hob sich und strich mir sanft die Haare aus dem Gesicht. Ich schlug sie mit meiner Hand weg. Er hielt einfach nur inne und starrte mich an, wartete. Ich legte meine Hand wieder ab, während er ein Ohr freilegte und mit einem Finger über die obere Kurve strich. „Tut es hier weh? Ist es taub?"

Es war eine federleichte Berührung. Für einen so großen Mann mit so großen Händen war das überraschend.

„Nein", flüsterte ich.

„Dreh deinen Kopf."

Das tat ich und er strich auch über die Spitze meines anderen Ohres. „Keine Erfrierungen. Zeig mir deine Hände."

Ich hielt sie für ihn hoch und er nahm eine, dann die

andere in seine, inspizierte jeden einzelnen Finger. Er legte sie auf meinen von dem Hemd verhüllten Bauch.

„Hast du dir den Kopf angeschlagen, als du gefallen bist?"

„Das Pferd hat mich abgeworfen. Meine Schulter ist ein wenig steif, aber ich bin im Wasser gelandet, was den Sturz etwas abgefedert hat."

Er machte ein nichtssagendes Geräusch und begann, den obersten Knopf des Hemdes zu öffnen.

„Was machst du?"

„Ich werde mir deine Schulter ansehen."

Ich legte meine Hände auf seine. Seine Haut war so warm, die kleinen Haare auf seinem Handrücken so weich. „Du hast mich bereits nackt gesehen und da waren keine Schnitte oder Blutergüsse."

„Du kannst Blutergüsse auf deinem Rücken sehen?"

Es war nicht die Frage, wegen derer ich nachgab, sondern der Blick in seinen Augen. Er würde solchen Unsinn nicht einfach hinnehmen. „Welche Seite?"

„Links."

Er öffnete nur drei Knöpfe, was genug war, damit er den Stoff über die schmerzende Schulter ziehen konnte, wobei aber auch die obere Schwellung meiner Brust sichtbar wurde.

„Dreh dich."

Ich drehte mich gerne von ihm weg, da ich seine Augen, sein durchdringendes Starren jetzt nicht mehr sehen konnte. Seine Stimme war allerdings streng und verbarg seine Unzufriedenheit mit mir nicht. „Du wirst dort einen Bluterguss bekommen", stellte er fest, während seine Finger meine Schulter und oberen Rücken abtasteten. Ich zuckte zusammen, aber es war nicht allzu schlimm. „Nichts ist gebrochen."

Er drehte mich wieder auf den Rücken. „Füße, bitte. Ich möchte sehen, ob irgendwelche Zehen amputiert werden müssen."

Allein bei der Vorstellung winkelte ich meine Knie an und zog meine Füße unter den Fellen zu mir. Als mir bewusstwurde, dass diese Aktion sein Hemd meine Schenkel hochgeschoben und meine Weiblichkeit entblößt hatte, quiekte ich und drückte meine Füße wieder unter die Decke. Ich war schnell, aber Doktor James war schneller.

„Daisy", schimpfte er. „Lass das."

Er packte den Knöchel, der ihm am nächsten war und ich entspannte mein Bein, erlaubte ihm, es in seinen fellbedeckten Schoß zu ziehen. Ich schob den Hemdsaum nach unten, um mein Geschlecht zu verhüllen, das jetzt weit geöffnet war, weil mein Bein zur Seite hing.

Er hielt sich nicht lange mit dem Fuß auf, sondern legte ihn zurück unter die Decken. „Der andere."

Langsam zog ich ihn unter den Fellen hervor. Er sah ihn an, ohne ihn anzufassen. „Gut. Jetzt dreh dich auf den Bauch."

Ich stieß laut schnaubend Luft aus und rollte herum, wobei ich sorgfältig den Hemdsaum nach unten über meinen Hintern zog, bevor ich mir die Haare aus dem Gesicht strich. Ich starrte auf die Seite des Tipis.

„Zieh deine Knie unter dich."

Ich runzelte die Stirn und drehte den Kopf zu ihm. „Was? Warum?"

„Weil du keine bleibenden Schäden der Unterkühlung davongetragen hast. Jetzt ist nur noch ein Tag Ruhe nötig. Da du nicht länger meine Patientin bist, ist es an der Zeit, deine Bestrafung zu verüben."

Ich begann, weg zu krabbeln, aber Doktor James packte

mich an der Taille. „Daisy Lenox, geh auf deine Hände und Knie. Jetzt."

Ich weigerte mich, dem Befehl des Mannes Folge zu leisten. Ich würde mich nicht einfach so hinsetzen und mich von ihm bestrafen lassen.

„Du wirst mir nicht gehorchen?"

Ich schürzte die Lippen und schüttelte leicht den Kopf.

Ich quiekte, als er mich ohne Weiteres in die Position brachte, die er wollte. Anfangs war ich zwar überrascht, doch dann fing ich an, gegen ihn anzukämpfen, aber ein kräftiger Schlag auf meinen Po – meinen nackten Po! – ließ mich erstarren.

Ich griff nach hinten und zog den Saum seines Hemdes nach unten, bedeckte mich wieder.

Er schob ihn wieder nach oben. „Lass es."

„Warum?", fragte ich störrisch.

„Weil du so deinen Hintern versohlt bekommst. Ah, an deinem überraschten Gesicht kann ich ablesen, dass du noch nie zuvor auf diese Weise bestraft worden bist. Nach deinem unverantwortlichen Verhalten gestern zu urteilen, wurdest du wahrscheinlich nie bestraft."

„Du kannst meinen...du kannst meinen Hintern sehen!"

„Ja, das kann ich. Ich werde ihm auch einen hübschen Rosaton verpassen. Ich bin derjenige, der dich mehr tot als lebendig gesehen hat. Ich bin derjenige, der wegen dir nicht in die Stadt und zu den Patienten, die ich vielleicht habe, zurückkehren konnte. Jetzt sitzen wir hier fest, bis du dich ausgeruht hast und sich das Wetter gebessert hat. Wegen deinem übereilten – und zugegebenermaßen verantwortungslosen – Verhalten, sind vielleicht andere Leben in Gefahr."

„Was meinst du?", fragte ich verwirrt.

„Deine Schwester Rose. Die Geburt steht kurz bevor.

Was passiert, wenn die Wehen einsetzen, während ich hier festsitze?"

Meine Augen weiteten sich bei dieser recht wahrscheinlichen Möglichkeit.

Als ich mich nicht bewegte, fügte er hinzu: „Ich warte und ich verspreche dir, ich bin ein sehr geduldiger Mann."

So wie er mit ruhiger Art sprach und nie seine Stimme hob, hegte ich keinerlei Zweifel daran. Er würde nicht lockerlassen. Er würde mich nicht aus dem Bett lassen. Er würde mich in diesem Moment nichts selbst entscheiden und tun lassen. Ich musste seinen Befehlen gehorchen, aber es musste mir nicht gefallen und das sagte ich ihm auch.

Als ich die Stellung einnahm, die er verlangte, schaute ich zu ihm und sagte mit einer Spur Schroffheit: „Ich mag das nicht."

„Ja, das tust du."

„Das tue ich nicht!" Wie konnte er es wagen, zu behaupten, er kenne meine Gedanken?

„Dein Körper sagt etwas anderes."

Während ich mich auf Händen und Knien befand, stand Doktor James an meiner Seite. Das Hemd verdeckte mich vor seinen Blicken, zumindest aus diesem Winkel. „Das tut er nicht!"

Er packte meine Taille und zog mich hoch, sodass ich auf meinen Knien war und ihn anschaute. Meine Augen weiteten sich wegen dieses Manövers. Wir befanden uns auf der gleichen Höhe und ich konnte nichts anderes tun, als ihm in die Augen zu schauen. Er studierte mich kurz, dann nickte er, als hätte er etwas entschieden.

„Ich verstehe es jetzt."

„Verstehst was?" Er verstand es vielleicht, aber ich mit Sicherheit nicht.

„Es gibt nichts, dessen du dich schämen müsstest,

Liebes. Du brauchst eine strenge Hand. Bestrafung. Führung. Es erregt dich."

Das war völlig falsch. Er konnte solche Dinge nicht über mich vermuten. Wir mochten zwar allein und leicht bekleidet sein, aber er wusste gar nichts.

„Ich – "

Er unterbrach mich, indem er mit der Hand durch die Luft wedelte. „Deine Pupillen sind geweitet, wenn ich auf autoritäre Weise mit dir spreche. Ich kann sehen, dass dein Puls an deinem Hals schneller schlägt." Meine Hand hob sich schnell, um diese verräterische Stelle wieder zu verdecken. „Schau nach unten."

Das tat ich.

„Deine Nippel sind hart."

Ich konnte die festen Spitzen deutlich durch den dünnen Baumwollstoff seines Hemdes sehen. Ich keuchte.

„Und das." Er wischte mit seinem Finger über meinen Innenschenkel und hielt ihn vor mir hoch. „Deine Pussy ist feucht."

Ich packte den Saum des Hemdes, aber es war zu spät. Ich sah die glänzende Feuchtigkeit, die die zwei Fingerspitzen bedeckte, mit denen er über meine jetzt kribbelnde Haut geglitten war.

Ich wusste, dass ich tiefrot anlief, da das Gespräch ganz sicher keines zwischen Patient und Arzt war. „Du kannst nicht so mit mir reden!", sagte ich entrüstet und versuchte, weg zu krabbeln.

„Beweg dich nicht." Ich erstarrte bei dem Befehlston seiner Stimme. „Ja, das kann ich. Beantworte mir dies", fuhr er fort, „an dem Tag, an dem du mit deiner Schwester in meine Praxis kamst. Wie hast du dich gefühlt, als ich dir gesagt habe, du sollst einen Hut tragen?"

Mir klappte die Kinnlade runter. Er...er wusste, dass es

mir gefallen hatte, welche Gefühle seine Worte in mir geweckt hatten? Er bot *mir* Rat an. Führung. Sogar eine Bestrafung. Sie waren für mich allein, nicht eine Gruppe von acht Mädchen. Ich war nicht eine von vielen Lenox Schwestern. Er war nicht an Rose oder Marigold oder sogar der kessen Dahlia interessiert. Sein Fokus lag ausschließlich auf *mir*. Wieder einmal wartete er.

Ich räusperte mich. „Es hat sich...gut angefühlt."

„Hast du dich gefühlt, als würde ich dich bevormunden, als wärst du ein Kind?"

Wenn Miss Esther mich erinnerte, einen Hut zu tragen oder an meine Handschuhe zu denken, fühlte ich mich, als wäre ich noch immer ein Kind. Bei Doktor James...

Ich schüttelte den Kopf. „Nein, und du bist dir nur zu gut bewusst, dass ich kein Kind bin", entgegnete ich.

„Das stimmt. Ich muss kein Arzt sein, um zu erkennen, dass du voll und ganz eine Frau bist. Jeder Mann bei Verstand würde das."

„Aber du wirst mich bestrafen?" Ich verschränkte die Arme vor meinen harten Nippeln. Verflucht sollen sie sein!

Er nickte mit dem Kopf, wobei seine zerzausten Haare über seine Stirn rutschten. „Ja, ich werde dich bestrafen." Er beäugte mich aufmerksam, vielleicht wartete er darauf, dass ich noch weiter mit ihm streiten würde. Er neigte sein Kinn. „Leg deine Hände wieder auf die Felle."

Ich schürzte die Lippen und verzog die Augen zu Schlitzen. Ich war so wütend auf den Mann, aber zur gleichen Zeit fühlte ich...etwas. Ich wollte tun, was er befahl. Ich wollte, dass er mir sagte, was ich tun sollte, dass er sich Sorgen um mich machte, dass er mich infrage stellte. Ich tat wie geheißen.

Als er das Ende des Hemdes auf meinen Rücken klappte, begann ich, mich zu erheben. Ich wollte tun, was er verlangte, aber nicht, wenn mein Hintern entblößt wurde! Eine feste Hand zwischen meinen Schulterblättern hielt mich an Ort und Stelle.

Ein kräftiger Schlag hallte durch die Luft und ich hörte ihn, kurz bevor ich das Brennen auf meinem Po spürte. „Au!", schrie ich und wackelte mit den Hüften.

„Lass das Theater. Jetzt sag mir noch einmal, warum du bestraft wirst." Seine Hand ruhte auf der Stelle, die er geschlagen hatte. Es war das erste Mal, dass ein Mann mich so berührt hatte, an einer solch intimen Stelle.

„Weil ich etwas Impulsives und Gefährliches getan habe."

„Warum noch?"

„Weil du dich um mich kümmern musstest, anstatt in die Stadt zurückzukehren."

Er entfernte seine Hand und ich entspannte mich. „Sehr gut, Daisy."

Ich seufzte bei seinem zufriedenen Tonfall. „Du wirst bei deiner Bestrafung mitzählen und mir jedes Mal danken oder wir werden von vorne anfangen."

Klatsch.

Mir wurde von Doktor James der Hintern versohlt. Es tat weh, denn er ging nicht gerade zimperlich vor. Ich war auf meinen Händen und Knien, trug nur das Hemd des Mannes und er versohlte mir den nackten Po. *Oh Gott*. Ich spürte, dass mehr dieser Feuchtigkeit, die er mir gezeigt hatte, mein Bein hinablief.

„Daisy", warnte er.

„Eins. Dankeschön", hauchte ich.

Klatsch.

„Zwei. Dankeschön."

So ging es immer weiter, bis ich dreißig erreichte. Zu

diesem Zeitpunkt stand mein Hintern in Flammen und ich schluchzte die Zahl nur noch.

Ich wagte es nicht, mich zu bewegen, obwohl ich mir das Fell über den Kopf ziehen und mich verstecken wollte. Ich fühlte mich gedemütigt, beschämt und...getröstet. Es war eine solch verwirrende Gedankenmischung, dass ich sogar noch heftiger weinte. Warum *gefiel* es mir, den Hintern versohlt zu bekommen? Warum gefiel es mir, wie sich der Schmerz, den seine Hand auf meiner zarten Haut ausübte, in Hitze verwandelte? Lag es an der Aufmerksamkeit des Mannes? Lag es an der Tatsache, dass wir beide nur halbbekleidet waren? Lag es daran, dass ich ein Wildfang oder verdorben war?

„Schh", summte er und strich beruhigend mit seiner Hand über die erhitzte Haut. Das Brennen verwandelte sich in ein glorreiches Glühen. „Es ist jetzt vorbei. Du warst ein gutes Mädchen."

Ich schüttelte den Kopf. „Ich...ich bin nicht gut", jammerte ich.

Er drehte mein Kinn, sodass ich zu ihm hochsah. Bevor er sprach, wischte er die Tränen mit seinen Daumen weg. „Warum denkst du das, Liebes?"

„Weil ich so feucht bin. Das macht mich zu einem sehr, sehr bösen Mädchen."

Er zog mich hoch und in seine Arme. Seine Brust war wie Granit, aber sehr, sehr warm. Ich konnte seinen gleichmäßigen Herzschlag hören. Ich hatte mich danach gesehnt, dass er mich genau so umarmte. „Das macht dich nicht zu einem bösen Mädchen. Es bedeutet nur, dass du sexuell erregt bist."

Die Haare auf seiner Brust kitzelten meine Wange und sein sauberer Duft war viel stärker als auf seinem Hemd. „Weil ich bestraft werde?"

„Ja, und von jemandem, von dem du weißt, dass er keinen Unsinn tolerieren wird."

„Und das macht mich...feucht?" Ich seufzte ermattet. „Ich bin so verwirrt."

„Du musst das jetzt nicht verstehen. Lass dir nur gesagt sein, dass du nichts Falsches getan hast, dass es nicht schändlich ist, dass dein Körper erkennt, was er braucht. Es wird unser Geheimnis bleiben, Daisy, und ich werde derjenige sein, der deine Bedürfnisse befriedigt." Er fuhr fort, mir Worte zuzuflüstern, mich zu beruhigen und zu trösten. Ich entspannte mich an seinem Körper, während sich meine Atmung wieder verlangsamte.

„Es ist Zeit, dass du dich ausruhst." Er gab mich frei und legte mich unter die Felle – auf meinen Bauch. „Schlaf, Daisy. Wenn du aufwachst, werden sich die Dinge klären."

4

AISY

Als ich dieses Mal aufwachte, hatte ich keine Angst. Ich kannte meine Umgebung und wusste, dass ich mich nach wie vor im Indianerdorf befand. Der Unterschied war dieses Mal, dass Doktor James nicht an mich gepresst war. Ich war ganz allein unter den Fellen. Eine Indianerfrau arbeitete leise am Feuer und drehte sich um, als ich mich rührte.

Ich setzte mich auf und streckte mich, strich mit der Hand über meine wild zerzausten Haare. Sie war älter, vielleicht im ähnlichen Alter wie Miss Trudy und Miss Esther. Ihre Haare, die mit vereinzelten grauen Strähnen durchzogen waren, waren nach hinten zu einem langen Zopf geflochten, der über ihren Rücken fiel. Die Farbe war sogar noch dunkler als meine. Sie hatte eine dunkle Hautfärbung und war sehr hübsch.

„Ich Frau von Roter Bär. Du ihm geholfen, ich helfe dir."

Sie lächelte mich an und bot mir einen Becher an, aus dem es dampfte.

„Trink", sagte sie mit leiser und sanfter Stimme.

Ich bedankte mich bei ihr und sie saß schweigend neben mir, während ich an der heißen Suppe nippte. Ich entdeckte mein Kleid und Mantel auf einem Stuhl hinter ihr. Als ich fertig war, nahm sie mir den Becher ab, holte einen Lappen aus einem Topf am Rand des Feuers und wrang das überschüssige Wasser aus. „Bade."

Der feuchte Lappen war warm und ich nutzte ihn, um mich zu waschen, indem ich ihn zu dem kleinen Topf brachte, eintauchte und auswrang, was ich so oft wiederholte, bis ich mich deutlich besser fühlte. Als nächstes deutete sie mit ihrer Hand auf meine Kleider. „Zieh an."

Ich warf einen raschen Blick zu der geschlossenen Zeltklappe und fragte mich, ob Doktor James wohl hereinkommen würde, aber die Frau schien um meine Privatsphäre nicht besorgt zu sein. Da ich daran gewöhnt war, mich vor meinen Schwestern anzuziehen, störte es mich nicht, aus dem Hemd zu schlüpfen. All meine Kleider waren trocken und ich fühlte mich besser, als ich wieder in meinen vertrauten Kleidungsstücken steckte. Nachdem der letzte Knopf an meinem Kleid geschlossen und meine Strümpfe befestigt worden waren, sowie meine Stiefel wieder meine Füße verhüllten, scheuchte sie mich zu einem kleinen Hocker. „Setzen."

Sie hielt eine Bürste hoch, die aus Pferdehaaren gemacht war, und begann, die Knoten und Verfilzungen in meinen Haaren zu lösen. Als sie ein Lederband um den Zopf wickelte, der über meinen Rücken baumelte, trat Doktor James ein. Ich musste meinen Kopf nach hinten neigen, um aus meiner niedrigen Sitzposition zu ihm hochschauen zu können. Er trug einen dicken Mantel, Handschuhe und seinen Hut. Ich nahm an, dass er in seiner Satteltasche noch ein Hemd gehabt hatte, aber ich konnte nicht erkennen, ob das der Fall war oder ob er unter dem Mantel nackt war. Allein die Erinnerung an seine wohlgeformten Bauchmuskeln veranlasste mich dazu, mir über die Lippen zu lecken.

Dann dachte ich daran, dass er meinen nackten Körper gesehen hatte; dass er die Feuchtigkeit, die meine Schenkel benetzt hatte, entdeckt hatte; dass er sich nicht über meine Erregung, die von der strengen Bestrafung hergerührt hatte, lustig gemacht hatte. Während ich mich deswegen geschämt hatte, hatte er das nicht.

„Guten Morgen", begrüßte ich ihn, auch wenn es mir schwerfiel, ihm in die Augen zu schauen.

„Tatsächlich ist es bereits Nachmittag."

Ich japste. „Das ist es?"

Seine Haare waren wieder gekämmt und ordentlich frisiert, sein Gesicht glattrasiert. „Du hast die Nacht durchgeschlafen. Du hast eindeutig die Ruhe gebraucht. Fühlst du dich jetzt erfrischt?"

Ich nickte, während ich mich daran erinnerte, wie müde ich gewesen war. Es mochten nicht unbedingt die strafenden Schläge auf meinen Hintern gewesen sein, die mich erschöpft hatten, aber sie erinnerten mich ein weiteres Mal an meine schlechten Entscheidungen.

„Wie ich sehe, hat deine Bestrafung keine langanhaltenden Nachwirkungen nach sich gezogen."

Mir wurde bewusst, dass er davon sprach, weil ich mit meinem versohlten Hintern auf dem harten Holzhocker saß. Ich blickte über meine Schulter zu der Frau und konnte nicht verhindern, dass mein Gesicht rot anlief. Sie nickte mir zu, dann Doktor James und schlüpfte aus dem Tipi.

„Nun?", bohrte er nach, wartete.

„Nein, mein...Hintern ist in Ordnung", murmelte ich.

„Das Wetter hat sich gebessert. Es ist zwar nach wie vor ziemlich kalt, aber wir können in die Stadt zurückkehren. Allerdings müssen wir vor der Dunkelheit aufbrechen."

Ich nickte, erfreut, dass ich nach Hause gehen würde.

„Es sind zwei Tage vergangen, Daisy. Zwei Tage, in denen du verschwunden warst. Deine Familie wird sich Sorgen machen."

Ich fühlte mich, als wäre ich ein kleines Kind, das geschimpft wurde, so wie ich da auf dem Hocker saß und er über mir aufragte. Also stand ich auf. Auch wenn er einen Kopf größer war als ich, war der Unterschied nicht allzu groß. „Ja, ich verstehe, dass sie unglücklich sein werden."

„Was wirst du ihnen erzählen?" Er zog seine Handschuhe aus und steckte sie in seine Manteltaschen. „Sie haben sicherlich den Sheriff und andere in der Stadt um Hilfe bei der Suche nach dir gebeten."

Oh meine Güte. Das hatten sie wahrscheinlich getan. Das eine Mal, als Marigold beim Kirchenpicknick davonspaziert war, hatte sich die ganze Stadt auf die Suche nach ihr gemacht. Natürlich war sie zu dieser Zeit erst acht Jahre alt gewesen und sie hatten sie recht schnell schlafend auf einer der Kirchenbänke gefunden. Mein Verschwinden während eines Wintersturmes war damit nicht vergleichbar.

„Ich werde sagen...Das heißt..." Was würde ich ihnen erzählen? Ich sah zu ihm hoch und er antwortete nicht für mich. Er zwang mich dazu, mir selbst eine Lösung einfallen zu lassen. „Ich werde sagen, dass ich ausgeritten und auf ein Indianerdorf gestoßen bin."

Seine Augen weiteten sich. „Du wirst die Indianer mit deiner Antwort in Gefahr bringen?"

Ich runzelte die Stirn. „Gefahr?"

„Wie du weißt, mögen manche aus der Stadt die Indianer nicht. Sie wissen nichts von dieser vorübergehenden Siedlung und wollen sie dann vielleicht verjagen."

„Ich möchte ihnen nicht schaden. Sie waren stets freundlich zu mir. Sie haben mich gerettet." Ich begann in dem kleinen Raum herum zu tigern und als mir eine neue Idee einfiel, wandte ich mich ihm zu. „Du hast mich gerettet. Wir müssen die Indianer gar nicht erwähnen."

„Sehr gut, denn ich möchte ihnen gerne weiterhin meine Dienste anbieten."

Ich lächelte erleichtert. „Gut. Dann ist das geklärt."

Er hob seine Hand. „Du wirst jedem erzählen, dass du mir gefolgt und in einen Fluss gefallen bist?"

Ich keuchte. „Woher weißt du, dass ich dir gefol – " Ich erkannte die Falle, die er mir gestellt hatte, wenn auch ein bisschen zu spät. Ich biss auf meine Lippe, um mich nicht noch weiter um Kopf und Kragen zu reden.

Anstatt über mein Geständnis aufgebracht zu sein, wirkte er völlig unbeeindruckt. „Wenn du niemandem in der Stadt von deinen Taten erzählen möchtest, dann gibt es nur ein mögliches Szenario, das funktionieren wird."

„Oh?", fragte ich, während ich so tat, als würde ich die nicht vorhandenen Falten in meinem Kleid glätten.

„Wir werden heiraten."

Mein Kopf ruckte nach oben und meine Hände erstarrten an meinen Schenkeln. „Was?"

„Ich weigere mich, irgendjemandem zu erzählen, dass ich den Indianern helfe. Meine medizinischen Dienste sind für jeden, der Hilfe braucht, nicht nur für diejenige mit weißer Haut. Das galt auch schon in Georgia." Er deutete mit einem Finger in meine Richtung. „Du kannst nicht ohne eine glaubhafte Ausrede für dein verantwortungsloses Verhalten in die Stadt zurückkehren."

Ja, aber eine Ehe? Der Mann hatte seinen Verstand verloren. Ich wollte ihn nicht wegen der Umstände heiraten. Ich wollte, dass er mich heiratete, weil er mich *wollte*.

„Wenn du deiner Familie erzählst, dass du während des Schneesturms bei mir warst, werden sie von unserem Aufenthaltsort wissen wollen. Da ich dir nicht gestatte, die Wahrheit zu verraten, werden deine Tugend und meine Ehre in den Schmutz gezogen werden. Das Letzte steht nicht zur Diskussion."

Ich entfernte mich rückwärts von ihm, aber hielt inne, als mir bewusstwurde, dass ich gleich in das kleine Feuer treten würde. „Wir können nicht einfach heiraten! Ich kenne dich kaum!"

„Bist du dann gewillt, eine andere Erklärung zu geben?"

Ich stotterte herum, aber meinem Gehirn fiel einfach keine Antwort ein. Mir fiel *keine* plausible Geschichte ein. Wenn ich sagen würde, ich wäre von Indianern entführt worden, dann würde das die Aufmerksamkeit auf sie lenken. Wenn ich sagte, ich wäre zwei Tage mit Doktor James eingeschneit gewesen, dann würden wir sowieso vor den Altar gezerrt werden, aber in Schande. Doktor James würde mir nicht erlauben, seinen Aufenthaltsort zu verraten, da er nichts Falsches getan hatte und die Indianer genauso wenig.

Ich hatte falsch gehandelt, dennoch wäre ich zu Tode beschämt, wenn die Wahrheit ans Licht käme. Was Doktor James vorschlug, *war* die glaubhafteste Lösung.

„Du bist gewillt, mich zu heiraten – *heiraten* – um die Indianer zu schützen?" Ich betonte das Wort sehr deutlich, da es um eine *Ehe* ging. War der Mann blind für die Ausmaße dieser Verpflichtung?

„Wir würden heiraten, um die Indianer zu schützen und dich. Sie haben nichts anderes getan, als Schutz und Freundlichkeit anzubieten. Uns beiden. Das ist der ehrenhafte Weg."

„Also würden wir heiraten, weil du *ehrenhaft* bist?", fragte ich mit ungläubiger Stimme.

Er wirkte verschnupft, als hätte ich ihn beleidigt. „Natürlich."

„Und ich soll dich heiraten, weil ich sorglos und stur bin? Damit soll ich leben?" Ich hoffte doch, dass ich klüger war, als es den Anschein auf Doktor James machte.

„Es war ein Vorfall und nach deiner Bestrafung ist dieser für mich abgehakt. Nichtsdestotrotz ist der Preis dafür ziemlich hoch." Er machte einen Schritt auf mich zu und ich erlaubte ihm, meine Hand zu nehmen. Seine war warm, Schwielen an seiner Handfläche strichen über meine Haut. „Ich werde mich auch an dem Wissen erfreuen, dass meine Braut so begierig nach meiner Aufmerksamkeit war, dass sie eine Unterkühlung riskiert hat, um bei mir zu sein."

„Und was ist mit dir? Während ich zwar begierig sein mag, bezweifle ich, dass du es bist."

Ich hatte aus Liebe heiraten wollen. Ich konnte zwar nicht sagen, dass ich Doktor James liebte, aber ich glaubte, ich könnte es, wenn man dem genug Zeit ließ. Das Gleiche konnte ich von ihm nicht behaupten.

„Du denkst, dass ich an dich gefesselt sein werde?"

Ich nickte verloren.

„Ich versichere dir", fuhr er fort, „dass dein Interesse erwidert wird."

Ich sah durch meine Wimpern zu ihm hoch, hatte Angst, die Hoffnung Wurzeln schlagen zu lassen. „Du...du bist an mir interessiert?"

„Das ist ein Wort dafür", murmelte er und zog mich zu

sich, sodass ich fest an seine Brust gedrückt wurde. Er packte meinen Zopf und ruckte leicht daran. Mein Kopf neigte sich nach hinten und ich musste seinem Blick begegnen. Seine Augen lagen jedoch nicht auf mir, sondern auf meinen Lippen. Hitze durchflutete meinen Körper bei dem...*Interesse*, das ich darin sah.

„Du wirst mich heiraten, damit mein Verhalten nicht zum Wissen der Allgemeinheit wird?"

„Ich will keine Frau, die für unvernünftig oder waghalsig gehalten wird. Ich werde zwar mit dir daran arbeiten, ein solches Verhalten abzulegen, aber nicht jeder muss davon wissen."

Ich verschränkte die Arme vor der Brust. „Was werden wir den Leuten erzählen?"

„Wir haben in Hollins Ferry geheiratet."

Ich schüttelte den Kopf. „Kein Pfarrer wird für uns lügen", entgegnete ich.

Seufzend ließ er mich los und trat zurück. „Der Friedensrichter ist ein Freund von mir. Ich bin mir seiner Diskretion sicher."

„Dann werden wir also nicht wirklich verheiratet sein?" Er würde einfach so mit mir leben, obwohl wir nicht richtig verheiratet waren?

Stirnrunzelnd durchschnitt er mit seiner Hand die Luft. „Ich versichere dir, unsere Vereinigung wird gesegnet sein. Roter Bär wird die Zeremonie durchführen und sie wird gültig sein." Er hielt die gleiche Hand hoch und ich schloss meinen Mund. „Es geht nicht um einen bestimmten Gott, Daisy, sondern darum, dass wir beide Schwüre austauschen. Es ist eine Verpflichtung...fürs Leben."

Es gab keine andere Wahl. Wenn ich allen die Wahrheit erzählte, wäre ich immer die wilde und freche Daisy Lenox. Welcher Mann wäre an solch einer tollkühnen Frau interessiert? Ich würde auch die Indianer in Gefahr bringen und Doktor James könnte möglicherweise seinen Job verlieren. Daraus würde nichts Gutes resultieren.

Er stand schweigend da und wartete. Als Arzt lag es ihm im Blut zu beobachten und ich wusste seine Geduld zu schätzen, die mir einen Moment zum Nachdenken verschaffte. Ich hatte keine Wahl. Ich würde den Mann, den ich wollte, heiraten müssen.

Ich holte tief Luft und überwand die Distanz zwischen uns. „Wenn ich dich heiraten soll, habe ich noch eine Frage, Doktor James."

Seine Fingerknöchel streichelten über meine Wange und ich erschauderte, dieses Mal nicht, weil mir kalt war.

„Ja, Miss Lenox?"

„Wie lautet dein Name?"

―――

ETHAN

Daisy saß auf meinem Schoß, während wir in Richtung Stadt ritten. Die Sonne war Stunden zuvor untergangen und der Himmel war klar. Ich war nicht daran gewöhnt, wie der Schnee das Mondlicht reflektierte. Es war eine merkwürdig helle Nacht.

„Geht es dir gut?", fragte ich.

Das Pferd trabte gemächlich dahin, das Geräusch der Hufe wurde von dem tiefen Schnee gedämpft. Mit einer Hand hielt ich die Zügel, die andere hatte ich auf ihre Taille gelegt. Es war eine bitterkalte Nacht, aber ihr schien warm genug zu sein.

„Das war…schwer", erwiderte sie. Ich glaubte, sie hätte

Brandzeichen & Bänder

ihre Hände gewrungen, würden sie nicht in Fäustlingen stecken. Sie hatte ihre dicke Wollmütze nicht vergessen und sie bedeckte ihren Kopf und Ohren, während ein Schal um ihren Hals geschlungen war, sodass nur noch ihre Augen und Nase der Kälte ausgesetzt waren.

Nach unserer Blitzhochzeit vor Rotem Bär waren wir nicht länger in dem Dorf geblieben. Wir waren geradewegs zur Lenox Ranch geritten, wo Daisy von Miss Trudy und Miss Esther sowie ihren Schwestern gleichermaßen gerügt und mit Liebe überschüttet worden war. Wir waren zum Abendessen geblieben – uns war keine Wahl gelassen worden – während wir unsere erfundene Geschichte erzählt hatten und ich ebenfalls dafür gescholten worden war, dass ich mit Daisy durchgebrannt war.

Miss Esther hielt mich zwar für einen intelligenten Mann, aber ging wohl davon aus, dass meine niederen Instinkte meine Vernunft ausgeschaltet hatten. Ich hatte keine andere Wahl gehabt, als das Ausmaß ihrer Wut hinzunehmen. Ihrer Meinung nach war alles meine Schuld gewesen, denn ich hatte Daisy ohne ein Wort mitgenommen. Weil diese Beschuldigungen von Sorge und Liebe herrührten, nahm ich sie mir nicht zu Herzen. Vielleicht wirkten sie auch so glücklich über unsere Ehe, *weil* sie dachten, ich wäre so blind vor Lust gewesen, dass ich alle Höflichkeit vergessen hatte.

Auch wenn es den Anschein hatte, dass Daisys Tugend und meine Ehre nach wie vor intakt waren – der Plan war aufgegangen – hatte ich meine neue Frau noch immer nicht geküsst, da diese Hochzeitstradition bei den Indianern nicht vorgesehen war. Wenn man mir schon zuschrieb, Daisy geheiratet zu haben, weil mein Verlangen nach ihr zu groß war, um auch nur noch einen Augenblick zu warten, dann sollte ich wenigsten auch die Vorteile genießen können.

Deswegen war ich losgezogen, um Daisy in ihrem Zimmer zu suchen, wohin sie verschwunden war, um eine Tasche zu packen. Dort hatte ich überraschenderweise Bücher vorgefunden. Jede Menge Bücher. Während sie ihre Kleider zusammengelegt und sie in einer kleinen Tasche verstaut hatte, hatte ich die Bücher in den Regalen durchstöberte. Es gab eine relativ große Anzahl Romane, aber die meisten Bücher waren wissenschaftlicher Natur. Obwohl ich wusste, dass die Frau sehr bewandert war und sie eines meiner Bücher ausgeliehen hatte, hatte ich nicht erwartet, dass ihre Wissbegierde eine solche Tiefe besaß. Meine Frau *war* ein Blaustrumpf.

Als Daisy fertig gewesen war, hatte ich ihre Tasche zu meinem Pferd getragen. Wir hatten das Lenox Pferd – das, welches sie in den Fluss geworfen hatte – zurückgelassen und sie hatte sich auf meinen Schoß gesetzt. Es fühlte sich gut an, sie so zu halten, nicht nur, weil ich jede Kurve ihres runden Hinterns spüren konnte, sondern auch weil ich wusste, dass sie in Sicherheit war. Solange meine Arme sie umschlangen, konnte ihr kein Leid geschehen. Mein Verlangen Daisy zu beschützen, war genauso groß wie mein Verlangen, sie zu ficken. Die Stadt war nicht mehr weit weg, was bedeutete, dass ich bald meine Frau erobern konnte.

Als ich für mich entschieden hatte, ihr für ihr verantwortungsloses und waghalsiges Verhalten den Hintern zu versohlen, hatte ich nicht gewusst, wie ich vorgehen würde. Ich hatte mir nicht vorgestellt, dass sie nur mein Hemd tragen und dass sich ihre Nippel direkt gegen den dünnen Stoff drücken würden. Ich hatte nicht geahnt, dass ich die leichte Wölbung ihres Busens sehen würde, während ich ihre Schulter untersucht hatte. Ich hatte die Länge ihrer Beine oder die Weichheit ihrer Haut an den Schenkeln nicht vorausgesehen. Ich hatte ihren Körper untersucht, wie es ein Arzt tun würde, aber hatte mich wie ein Mann nach ihr verzehrt.

Bevor ich also das Hemd, welches ihren Hintern bedeckt hatte, nach oben geworfen hatte, hatte ich mit Sicherheit gewusst, dass sie die Meine werden würde. Daisy auf ihren Händen und Knien, dem Hintern in der Luft und mit sichtbaren Schamlippen war der unglaublichste Anblick. Sie war die perfekte Untergebene und ich würde nicht erlauben, dass irgendjemand anderes sie so sah wie ich. Niemand würde sie anfassen, sie verführen und ihren Hintern rosa färben.

Ich rutschte im Sattel herum bei der Erinnerung an ihre Säfte, die über ihre Schenkel gelaufen waren, der körperliche Beweis, dass sie sich danach sehnte, sich mir zu...unterwerfen.

„Ich schätze, welche Schwester auch immer als nächstes heiratet, wird keine andere Wahl haben, als in einer Kirche zu heiraten mit einer langen Verlobungszeit", sagte sie, wobei ihre Stimme von ihrem dicken Schal gedämpft wurde.

Daisys Gerede über ihre Schwestern brachte meine Gedanken zurück in die Gegenwart. „Oh?"

„Rose und Chance wurden von dem Sheriff in Clayton verheiratet. Hyacinth hat zwar in der Kirche geheiratet, aber völlig spontan. Dahlia wurde in Carver Junction verheiratet. Ich bin das vierte Mädchen, das überstürzt heiratet, die dritte, die ohne die Anwesenheit irgendeines Familienmitgliedes geheiratet hat.

„Sie schienen erfreut zu sein. Letzten Endes."

„Du hast ihre ganze Wut abbekommen. Das tut mir wirklich leid", meinte sie.

„Sie haben mich für übermäßig eifrig gehalten, wenn es um dich geht."

Daisy rutschte auf meinem Schoß herum und ich festigte meinen Griff um sie. Wenn sie sich noch mehr bewegte, würde ich das Pferd anhalten und sie im Schnee nehmen. Entweder bemerkte sie nicht, dass mein Schwanz gegen ihren Hintern drückte, weil es die vielen Schichten unserer warmen Kleidung verhinderten, oder sie hatte keinen blassen Schimmer, was sie da spürte.

„Sie wussten, dass ich an dir interessiert war. Ich glaube, das kam dir zu Gute, dass dein…Eifer erwidert wurde."

Nachdem sie gewusst hatten, dass Daisy in Sicherheit und gesund war, hatten sie angefangen, sie damit zu necken, dass sie mir wie ein Welpe hinterhergelaufen sei. Lily hatte diesen Ausdruck benutzt. Marigold hatte erzählt, dass Daisy seit meiner Ankunft öfter für Besorgungen in die Stadt gegangen war als in ihrem ganzen Leben. Miss Esther hatte lediglich verkündet, sie wüsste alles. Das glaubte ich auf jeden Fall. Die Frau war äußerst scharfsinnig. Miss Trudy hatte mich auf eher zurückhaltende Weise betrachtet, aber musste von Daisys Gefühlen gewusst haben, denn ich bezweifelte, dass sie mir ansonsten erlaubt hätte, sie mitzunehmen.

Auch wenn sie die ruhigere der zwei Mütter war, hegte ich keinerlei Zweifel daran, dass Miss Trudy diejenige wäre, die mich erschoss und meinen Körper den Schweinen zum Fraß vorwarf, wenn es erforderlich wäre.

„Ich habe so einiges von deiner Familie erfahren."

Sie drehte ihren Kopf, sodass sie zu mir hochschauen konnte. „Oh?"

„Dein Interesse an mir. Ich war mir über dessen Ausmaß nicht bewusst gewesen."

„Sie haben mich wie eine Verrückte dargestellt", grummelte sie.

„Wenn eine Anziehungskraft besteht, dann verlieren die

Leute schon mal ihren Kopf." Ich bezweifelte, dass Daisy in mich verliebt war, aber hingerissen wäre sicherlich ein passender Ausdruck. Viele Männer hatten mit geringeren Voraussetzungen eine Frau geheiratet.

„Und du?", wollte sie wissen.

Wir ritten in die Stadt. Sanftes Licht drang aus den Fenstern der Häuser, der Geruch nach Rauch wehte aus den Kaminen.

„Ich?"

„Wie tief reicht *dein* Interesse?" Ihre Stimme war leiser und sie klang leicht verletzlich. Ich konnte es ihr nicht vorwerfen.

Ich zog sie an mich, während ich meine Hüften verrückte. „Fühlst du das, Liebes? Das ist mein Schwanz und er ist sehr hart." Ich sprach nah an ihrem Ohr. „Er ist hart für dich. Während sich mein Verstand erst noch daran gewöhnen muss, dass ich eine Frau habe – ich war recht lange Zeit Junggeselle – ist mein Körper äußerst zufrieden über diese Vorstellung. Was die Tiefe meines Interesses angeht? Das wirst du schon bald herausfinden. Ich werde meinen Schwanz so tief in deiner jungfräulichen Pussy vergraben, dass du nie wieder daran zweifeln wirst."

Vielleicht war es das Gefühl meines Schwanzes oder die Verderbtheit meiner Worte, aber Daisys Körper vor mir versteifte sich. Während wir zum Haus ritten, freute ich mich darauf, die Steifheit direkt aus ihr zu ficken.

5

AISY

Doktor James – Ethan – entzündete ein Feuer im Ofen in der Küche und in dem Eisenofen in der Stube, dann verließ er mich, um sich um das Pferd zu kümmern. Das Haus war ziemlich kalt, da es mehrere Tage unbewohnt gewesen war. Daher behielt ich meine Überkleidung an, bis es sich aufgewärmt hatte. Ich war zuvor schon in seiner Praxis gewesen, aber nie im Wohnbereich. Er war klein und ziemlich spärlich eingerichtet. Der Mann war allerdings – jetzt nicht mehr – ein Junggeselle und war erst vor kurzem in die Stadt gezogen.

Ich saß auf einem Stuhl in der Ecke und starrte auf das Bett. Die Stille gewährte mir Zeit zum Nachdenken, da mich zu Hause – nein, es war nicht länger mein Zuhause – jeder umarmt und um mich geweint hatte und gleichermaßen begeistert und verblüfft gewesen war, dass ich den Doktor geheiratet hatte. Ich hatte keinen Augenblick zum

Nachdenken gehabt. Ich biss auf meine Lippe aus Sorge, dass Ethan seine Entscheidung bereuen würde, dass seine Ehre ihn zu einem kalten Bettgefährten machen würde. Als er mir von seinem…Penis erzählt hatte und was er plante, mit mir zu tun, hatte ich jedoch die Hoffnung entwickelt, dass ich mich vielleicht irrte.

Auch wenn es im Schlafzimmer kalt war, knöpfte ich meinen Mantel auf. Gedanken an Ethans Penis sorgten dafür, dass mir äußerst warm wurde. Meine Nippel richteten sich unter meinem Korsett auf und diese verräterische Feuchtigkeit zwischen meinen Beinen kehrte zurück. Dabei wurde ich nicht einmal geschimpft oder mir der Hintern versohlt.

Ich hörte Ethan ins Haus kommen. Nach einem Moment betrat er das Schlafzimmer und legte die Tasche, die ich gepackt hatte, in den Türrahmen. „Warum sitzt du hier im Dunkeln?"

Er drehte sich und entzündete eine Lampe neben seinem Bett. Das sanfte gelbe Leuchten ließ den Raum weniger nüchtern, weniger bedrohlich wirken. Vielleicht lag es aber auch an Ethans Größe und wie er den Raum ausfüllte. Er hatte seinen Mantel und Stiefel abgelegt. Ich antwortete nicht, da ich nicht glaubte, dass er das erwartete.

Er deutete auf meine Tasche. „Deine Sachen. Allerdings wirst du sie nicht sofort brauchen."

„Oh?", fragte ich, während ich auf die mickrige Tasche schaute, die das Einzige hier war, das mir gehörte. Die Unermesslichkeit dessen, was passiert war, drückte mich schier nieder. Ich war verheiratet. Ich war Mrs. Ethan James. Ich war mit ihm in einem Schlafzimmer und niemand würde irgendetwas, das wir gemeinsam taten, infrage stellen.

Er drehte seinen Kopf und ich sah die dunkle Intensität in seinen Augen.

„Du wirst nackt sein."

Ich schluckte. Ich war zuvor schon in seiner Gegenwart nackt gewesen und er hatte mir sogar den Hintern versohlt. Damals war es unerwartet gewesen. Jetzt wusste ich – größtenteils – was kommen würde. Nun, teilweise. Miss Trudy hatte mir verraten, was zwischen einem Mann und einer Frau passierte, als ich noch sehr viel jünger gewesen war, aber zu dieser Zeit hatte ich ihr nicht geglaubt. Ethans bildliche Beschreibung dessen, was er mit seinem Penis tun würde, hatte ihre Worte jedoch bestätigt, aber mir nicht die Details verraten, die mir noch immer fehlten.

Ich leckte meine Lippen. „Ethan, ich...ich habe Angst."

„Ich hatte nicht geglaubt, dass du auch nur einen Funken Angst in dir hättest." Er setzte sich auf die Seite des Bettes und die Matratze sank unter seinem Gewicht ein. „Komm her", murmelte er. Auch wenn sein Ton sanft war, schwang diese stählerne Schärfe mit, die ich erkannte. Ich erhob mich und stellte mich vor ihn.

Eine Hand schlang sich um meine Taille und zog mich zwischen seine gespreizten Knie.

„Ist dir kalt?", erkundigte er sich. Unsere Augen befanden sich auf einer Höhe und ich sah Besorgnis in seinen.

Ich schüttelte den Kopf.

„Das Haus wird sich schnell aufwärmen." Er schob mir den Mantel von den Schultern und hängte ihn über die Ecke des eisernen Bettgestells. „Weißt du, was passiert, wenn eine Ehe vollzogen wird?"

Ich leckte wieder meine Lippen. Seine Augen sanken, um die Bewegung zu beobachten, aber kehrten zurück, um meinen Blick zu erwidern.

„Du wirst meine Jungfräulichkeit nehmen."

„Wie?"

Meine Augen weiteten sich. „Du willst, dass ich es ausspreche?"

„Ja."

„Du wirst deinen…deinen – "

„Schwanz."

Ich schloss meine Augen. „Du wirst deinen Schwanz in mich stecken."

„Ich werde meinen Schwanz in deine Pussy stecken. Sag es."

Ich verzog das Gesicht, peinlich berührt von seinen verdorbenen Worten. „Du wirst deinen Schwanz in meine Pussy stecken", sagte ich schnell und ohne Luft zu holen.

„Öffne deine Augen. Braves Mädchen. Ich würde gerne etwas ausprobieren."

Seine Hände wanderten zu den Knöpfen an meinem Hals und ich saugte scharf die Luft ein und versuchte, einen Schritt von ihm weg zu machen. Es war eine Sache, schon einmal völlig nackt vor ihm gewesen zu sein, aber eine ganz andere, ruhig dazustehen und ihm zu erlauben, mich zu entkleiden.

„Ethan!", schrie ich und bedeckte seine Hände mit meinen.

„Leg deine Hände an deine Seite." Seine Stimme hatte jede Sanftheit verloren und ich tat, ohne nachzudenken, was er befohlen hatte. Ethan senkte seine Hände und platzierte sie auf seinen Schenkeln. „Du wirst die Knöpfe deines Kleides öffnen, Daisy, und ich werde zuschauen. Zaudere nicht oder ich werde dich bestrafen müssen."

Sein Akzent wurde stärker, wenn er streng war. Ein Schauder kroch mir bei seinem finsteren Blick, der Ichdulde-keine-Widerrede Steifheit seines Rückgrats über die Wirbelsäule.

Ich hob meine Hände langsam und wartete darauf, dass er mich zurechtwies, aber das tat er nicht. Stattdessen beobachtete er, wie ich einen Knopf nach dem anderen öffnete, bis die lange Reihe vollständig geöffnet war.

„Zieh dein Kleid aus."

Ich dachte nicht, gehorchte einfach nur, bis sich der Stoff um meine Knöchel bauschte.

Sein Mundwinkel bog sich nach oben, was einem Lächeln am nächsten kam, was ich bei ihm noch nie gesehen hatte. Seine Knöchel streichelten meine Wange hinab. „Gutes Mädchen. Jetzt weiß ich, wie ich vorgehen muss."

„Das…das weißt du?" Ich spürte, wie sich meine Nippel unter dem Korsett aufrichteten und ich verschränkte die Arme vor der Brust. Ethan hob lediglich eine dunkle Augenbraue und ich ließ sie wieder an meinen Seiten baumeln. Sein Lob und schlichte Berührung hatten all meine Ängste verjagt. Ich hatte ihn zufrieden gestellt.

„Du willst, dass ich die Kontrolle übernehme."

Wollte ich das? Ich war eine durchsetzungskräftige Frau, sogar forsch und dennoch, wenn Ethan mich führte, mich anwies, mich lobte, fühlte ich mich…ganz. Als ich die Stirn runzelte, erklärte er:

„Als ich anfing, die Knöpfe deines Kleides zu öffnen, hast du dich geschämt und Angst gehabt. Das war so, weil du wusstest, dass du Nein sagen könntest und davon hast du auch Gebrauch gemacht. Aber als ich dir *gesagt* habe, was du tun sollst, als ich dir die Möglichkeit genommen habe, es zu verweigern, hast du getan wie geheißen. Freudig."

„Ich würde nicht sagen freudig", entgegnete ich mit düsterem Blick.

Er tippte mit einem Finger auf meine Nasenspitze. „Du hast das Kleid nicht freudig ausgezogen, du hast freudig getan, was ich befohlen habe. Da besteht ein Unterschied."

Meine Finger spielten mit dem Saum meines Unterhemdes. „Ich verstehe nicht."

„Obwohl du dein Kleid anbehalten wolltest, hast du getan, was ich wollte, weil du wusstest, es würde mich glücklich machen."

„Du hast gesagt, ich würde bestraft werden, wenn ich es nicht tue!", erwiderte ich frustriert.

Er legte seinen Kopf schief, um mir in die Augen zu sehen. „Wie würde ich dich bestrafen?"

Ich sah hinab auf den Boden. „Du würdest mir den Hintern versohlen."

Er nickte. „Ja, und noch andere Dinge tun."

Meine Augen huschten zu seinen und mein Mund klappte auf. Andere Dinge?

„Nachdem ich dir das letzte Mal den Hintern versohlt habe, warst du feucht. Deinem Körper hat es gefallen. Wenn dein Körper Vergnügen daran empfindet, ist es schwerlich eine Bestrafung."

Ich schaute beschämt weg, aber nicht bevor ich sah, dass sich sein Mundwinkel nach oben verzog.

„Ich sollte es nicht mögen", murmelte ich.

„Das Verlangen deines Körpers ist nicht schändlich." Dadurch fühlte ich mich kein bisschen weniger schändlich. „Würdest du dich besser fühlen, wenn du wüsstest, dass es mich ebenfalls erregt hat, dir den Hintern zu versohlen?"

„Das hat es?", fragte ich. Ich konnte die Überraschung in meiner Stimme nicht verbergen. „Du bist so...kontrolliert."

„Mmh. Ich werde davon erregt, indem ich dich *kontrolliere*, Daisy Lenox James. Ergibt das Sinn?"

„Du meinst, ich brauche jemanden, der die Kontrolle übernimmt, und du jemanden, der gehorcht?"

Er nickte. „Die sich mir unterwirft. Ja."

Auch wenn ich mich immer noch dafür schämte, dass mir die Schläge gefallen hatten, war es nicht mehr ganz so schlimm, nun da ich wusste, dass Ethan sie ebenfalls genossen hatte. Er wollte mir den Hintern *genauso* sehr versohlen, wie ich das wollte. Ich verzehrte mich nach der Aufmerksamkeit, dem Fokus, den er gerade auf mich gelegt hatte. Wenn er mich berichtigte, bedeutete das, dass ich an vorderster Front seiner Gedanken war.

„Genug davon für diesen Abend. Ich denke, Taten werden dir viel besser als alles, was ich sagen kann, zeigen, dass ich richtig liege."

„Aber – "

„Gib mir deinen Fuß."

Ich tat wie geheißen und hob ihn in seine Hand. Er legte ihn auf seinen Schenkel und öffnete die Schnürsenkel meines Stiefels, dann entfernte er ihn. Nachdem er ihn auf den Boden gestellt hatte, sagte er: „Den anderen bitte."

Er zog mir auch den zweiten Stiefel aus, aber behielt meinen Knöchel in seinem Griff. Ich packte seine Schultern mit meinen Händen, um das Gleichgewicht zu halten. Mir entging nicht, wie hart sich seine Muskeln durch die Anzugjacke anfühlten.

Seine Hand kroch meine Wade hinauf und zu dem pinken Band am Bund meines dicken Wollstrumpfes. Ich saugte scharf die Luft ein, als sein Daumen meinen nackten Schenkel gerade oberhalb des Bündchens liebkoste.

„Die wirst du anlassen."

Und schon bewegte sich seine Hand weiter, bis sie den Saum meines Höschens erreichte, dann noch weiter, bis er die Schleife dafür an meiner Taille fand. „Das hier wird jedoch weichen müssen."

Nach einem kurzen Ruck spürte ich, dass sich der Baumwollstoff lockerte, bevor Ethan ihn nach unten zog. So wie meine Beine positioniert waren, kam das Höschen allerdings nicht weit. Zwei große Hände rissen den zarten Stoff an der Naht auf. „Es wird mich glücklich machen, wenn du keine Höschen mehr trägst." Ein weiterer Ruck, dann noch einer und Ethan riss es mir vom Leib. Als ich Luft an meiner Weiblichkeit spürte, versuchte ich, mein Bein nach unten zu bringen. „Nein."

Ich erstarrte bei diesem einen Wort, aber meine Finger umklammerten nach wie vor fest seine Schultern. Mein Unterhemd bedeckte mich bis zur Mitte meines Schenkels und auch wenn ich mich entblößt fühlte, konnte er meine intimste Stelle nicht sehen.

Während er die Streben des Korsetts öffnete, sagte er: „Hast du irgendeine Vorstellung davon, wie wunderschön du bist?"

Meine Augen weiteten sich bei seinem Geständnis und Begeisterung durchflutete mich. Ich fühlte mich, als würde ich auf einer Schaukel sitzen und würde hoch in die Luft geschubst werden.

„Ich hab dich ein oder zweimal in der Ferne gesehen, aber als Roter Bär im Warenladen krank war, konnte ich zum ersten Mal die Sommersprossen auf deiner Nase sehen."

Ich legte eine Hand auf die fraglichen Male.

Er schüttelte seinen Kopf, sein glühender Blick hielt meinen.

„Deine Augen sind so dunkel", murmelte er, wobei seine Augen fast schon wie versteinert wirkten. „Ich schwöre, ich habe noch nie zuvor so lange Wimpern gesehen. Die anderen waren richtig in Aufregung wegen Roter Bär. Hatten Angst vor ihm, haben sich vielleicht sogar an der Unannehmlichkeit gestört, dass er vor ihnen umgekippt ist. Du allerdings warst die Ruhe selbst. Höflich. Klug. Du hast ihm die kühle Kompresse und einen Becher Wasser gegeben."

„Ich dachte, das würde ihn runterkühlen und dass er von der Hitze vielleicht übermäßig großen Durst hätte."

„Du hast richtig gedacht, Liebes. In diesem Moment wusste ich, dass du mehr warst als nur ein hübsches Mädchen."

„Ich bin ein Blaustrumpf und du weißt es. Ich konnte die Bücher in meinem Zimmer schlecht verstecken."

„Hübsch und klug. Du...hast mich vom ersten Moment an fasziniert."

Ich atmete aus, als die letzte Strebe geöffnet wurde und Ethan das Korsett auf den Boden fallen ließ. Das Zimmer war jetzt ziemlich warm, obwohl ich fast nackt war, da das Feuer warm flackerte, um uns während der Nachtstunden zu wärmen.

„Das habe ich?"

„Du hast mich noch mehr fasziniert, als du mit Hyacinth in die Stadt gekommen bist. Ich wurde hart, als ich dich wegen deinem Hut gerügt habe."

„Hart?", fragte ich und runzelte die Stirn.

„Mein Schwanz wurde hart. Ich wurde von deinem Gesichtsausdruck erregt. Er zeigte nicht Wut oder Reue. Er zeigte Staunen."

Ich neigte den Kopf zur Seite. „Staunen?"

Sein Blick senkte sich zu meinem Körper. Ich wusste, dass meine Nippel hart waren und sie nicht länger von meinem Korsett abgeschirmt wurden. Ethan konnte nicht anders, als sie zu sehen. Seine Hände packten meine Taille, seine Daumen streichelten durch das dünne Nachthemd meinen Bauch.

„Ich verstehe es jetzt, dass ich in jenem Moment eine leere Stelle in dir gefüllt habe, nicht wahr? Deswegen hast du angefangen, mich zu beobachten, mir zu folgen."

Ich biss auf meine Lippe, dann nickte ich. Er hatte mir die Aufmerksamkeit geschenkt, nach der ich mich gesehnt hatte. Wie sehr ich mich in einem Haus voller Frauen doch verloren und nebensächlich gefühlt hatte. Nur wenige Augenblicke von Ethans Zeit und ich hatte mich besonders gefühlt.

„Ich hätte dieses Bedürfnis, das du hattest, schon viel eher erkennen sollen. Ich habe es vermutet, aber habe die Tiefe bis jetzt nicht bemerkt. Wenn ich es hätte, hätte ich die Dinge vielleicht anders gehandhabt und dann wärst du nicht in dem Fluss gelandet. Dafür tut es mir leid."

„Es ist nicht deine Schuld, Ethan. Du hattest recht, du füllst dieses…Bedürfnis in mir." Wenn ich schon entblößt wurde, war es vielleicht auch an der Zeit das Gleiche mit meinen Emotionen zu tun.

„Gut. Jetzt werde ich eine andere Stelle in dir füllen. Genau jetzt."

Bevor ich auch nur über seine Worte nachdenken konnte, packte der den Saum meines Unterhemdes und hob es über meinen Kopf, wobei sich mein Zopf in dem Stoff verfing und dann wieder auf meinen Rücken fiel.

„Ethan!" Ich begann zu keuchen und meine Augen weiteten sich. Ich war nackt!

Er packte meine Handgelenke fest. „Daisy."

Dieser feste Griff änderte meine Meinung. Ich kämpfte gegen seinen Griff an und konnte nicht entkommen. Ethan hatte die Kontrolle. Allein dieser Gedanke versetzte mich in leichte Panik und ich begegnete seinem ruhigen Blick.

„Du gehörst jetzt mir. Dein Körper gehört mir." Er hielt inne und ich verharrte regungslos. „Ich werde dir niemals wehtun, niemals zulassen, dass dir jemand wehtut. Zur Hölle, ich werde nicht zulassen, dass dich irgendjemand anderes auch nur *berührt*. Ich werde der einzige Mann sein, der dich jemals auf diese Weise sieht. Du wirst zwar tun, was ich verlange, aber ich garantiere dir, ich werde dich befriedigen. Du tust genau das, was ich will, und ich schwöre dir, Liebes, ich werde dir genau das geben, was du brauchst."

Ich hörte die Aufrichtigkeit in seiner Stimme. Ich hörte auch den rauen Ton, spürte seinen festen Griff. Anstatt mich gefangen zu fühlen, fühlte ich mich beschützt. Es war, als ob ich in seinem Griff, unter dem Befehl seiner Stimme jeden Gedanken oder Sorge loslassen könnte und Ethan würde übernehmen, würde die Führung an sich reißen. Ich hatte keine Ahnung, warum meine Feuchtigkeit meine Beine hinablief, aber Ethan wusste es. Ich wusste nicht, warum ich ihm wie ein Welpe gefolgt war, begierig nach seinem Lob. Ethan wusste es.

Ich musste dem vertrauen, also flüsterte ich: „In Ordnung."

„Gutes Mädchen."

Er gab mich frei und ich trat einen Schritt zurück, wobei meine Brüste schwangen und meine Nippel sich sogar noch fester zusammenzogen.

Als er sich erhob, machte ich einen weiteren Schritt, da er so groß war, dass ich mich bedrängt fühlte. Selbst sein Duft hüllte mich ein. „Auf das Bett."

Ich trat um ihn herum und setzte ein Knie auf die Decke, dann krabbelte ich in die Mitte, aber als mir bewusstwurde, dass er meinen Po sehen konnte und vielleicht auch meine Weiblichkeit, setzte ich mich schnell hin und zog die Beine unter mich. Indem ich meine Hand auf den gegenüberliegenden Schenkel legte, schirmte ich meine Brüste einigermaßen ab.

Ethan verfolgte meine Bewegungen, während er sein Hemd auszog. Anschließend begann er seinen Gürtel und seinen Hosenschlitz zu öffnen. Er seufzte, als er nach innen griff und seinen…oh meine Güte!

Mein Mund klappte auf und ich starrte mit großen Augen auf sein…Anhängsel.

Es war dunkler als seine ohnehin schon gebräunte Haut, eher von einem dunklen Rotbraun. Dicke Adern pulsierten entlang der Länge und es hatte eine breite Spitze. In der Mitte war ein kleines Loch und vor meinen Augen quoll eine klare Flüssigkeit daraus hervor und die Seite hinunter.

„Nach deinem Gesichtsausdruck zu urteilen, schätze ich mal, dass du noch nie einen Schwanz gesehen hast."

Seine Hand umfasste die Wurzel und streichelte dann die Länge hinauf. War er gerade noch größer geworden?

Ich schüttelte den Kopf, selbst als sich meine inneren Wände bei der Möglichkeit zusammenzogen. „Ich bezweifle, dass das passen wird."

Er grinste und sein Gesicht verwandelte sich. Die harschen Linien waren verschwunden. An deren Stelle waren Lachfalten an seinen Augenwinkeln getreten und auf seiner rechten Wange hatte sich doch tatsächlich ein Grübchen gebildet. „Liebes, du bist bereits ihm Bett und meine Hand ist auf meinem Schwanz. Es besteht jetzt kein Bedarf mehr für Schmeicheleien."

Schmeicheleien? Schmeicheleien hatten mich nicht zu meinen Worten veranlasst, sondern Angst. Er würde mich sicherlich zweiteilen.

„Keine Sorge, du wirst mich anflehen, meinen Schwanz

in dich zu stoßen. Bis dahin werde ich es nicht tun, alles klar?"

Ich fuhr einfach nur fort, ihn nervös zu betrachten.

„Komm zur Bettkante." Er krümmte seinen Finger und ich rutschte näher an den Rand. „Gut, jetzt leg dich auf deinen Rücken. Ja, genau so."

Die Decke war kühl, aber weich unter meiner bloßen Haut. Er ragte über mir auf, seine Brust breit, seine Taille schmal und sein Schwanz ragte erigiert aus der Öffnung seiner Hose, um sich nach oben zu seinem Bauchnabel zu biegen. Er wirkte so männlich und mächtig, wie ich da vor ihm lag.

Er beugte sich nach vorne, nahm meine Knöchel in seine Hände und brachte sie an die Bettkante. Als er sie immer weiter auseinanderschob, schloss ich meine Augen. Ich wusste, was er zum ersten Mal klar und deutlich sehen konnte. Da ich in einem Haushalt mit zehn Frauen aufgewachsen war, hatte ich die Körper der anderen Frauen unzählige Male gesehen. Das schmälerte trotzdem nicht die Sorge, dass Ethan mich für mangelhaft erachten könnte. War ich dort unten normal? Wurden andere Frauen so glitschig nass, wenn sie an einen faszinierenden Mann dachten? Was, wenn ich Ethan nicht zufrieden stellte?

Er gab meine Knöchel nicht frei, wie ich es gehofft hatte. Stattdessen sank er auf dem Boden zwischen ihnen auf die Knie. Ich blickte die Länge meines Körpers hinab und er sah mich…dort an. Seine Augen wurden schmal, sein Kiefer spannte sich an und er holte tief Luft.

Langsam hob er seine Augen, um in meine zu blicken und ich keuchte. Ich hatte noch nie zuvor einen so dunklen und raubtierhaften Blick gesehen.

„Bildhübsch, Liebes." Seine Worte beruhigten mich und ich entspannte mich unwesentlich. Aber als er sagte, „lass uns herausfinden, wie du schmeckst", versteifte ich mich wieder.

„Ethan!", schrie ich, aber ich konnte nichts tun, während er mich mit festem Griff offen hielt und fixierte.

Er leckte über den Spalt meines Geschlechts, sanft und langsam, wieder und wieder, und meine Hüften zuckten. Ich hatte so etwas noch nie zuvor verspürt. Es war heiß und intensiv und sehr, sehr weich. Ich fühlte mich, als wäre mein Blut erhitzt worden und würde jetzt warm und dick durch meine Adern fließen.

„Schh", gurrte er. Er ließ meine Knöchel los, legte seine Hände auf meine Innenschenkel und hob seinen Kopf, um mich anzuschauen. Seine Berührung war sanft im Kontrast zu seinen Worten.

„Lass deine Füße genau so, wie sie jetzt sind, Liebes. Ich werde dich zu deinem ersten Höhepunkt bringen. Es wäre eine Schande, wenn ich dich stattdessen bestrafen müsste."

Ich wusste nicht, wovon er redete, aber wenn er plante, seinen Mund wieder auf mich zu legen, würde mich das nicht allzu sehr stören. Es fühlte sich zu gut an, um irgendetwas anders zu tun, als zu gehorchen. Er senkte seinen Kopf wieder, aber dieses Mal nutzte er seine Daumen, um über mein empfindsames Fleisch zu streichen, es zu teilen und mich für ihn zu öffnen.

„So, jetzt sehe sich das mal einer an."

Ich wusste nicht, was *das* war, aber die Ehrfurcht in seiner Stimme war offenkundig. Er schien mit dem, was er sah, zufrieden zu sein. Seine Zunge streckte sich nach vorne. „Deine Pussy schmeckt so gut und ist so reif wie ein Georgia Pfirsich. Das hier ist dein Kitzler."

Er schnalzte gegen einen Punkt, der mich aufschreien ließ, weil das Vergnügen so intensiv war. Ich hatte seinen Worten gelauscht und mich über den Pfirsichteil gewundert, als dieser Gedanke und alle anderen meinen Kopf verlassen hatten. Ich konzentrierte mich nur noch auf seine Zunge und was er tat.

Meine Hände packten seinen Kopf, meine Finger vergruben sich in seinen Haaren.

„Mach das nochmal", verlangte er.

Er hob seinen Kopf und grinste mich an, sein Mund glänzte. „Du bist ganz schön herrisch, oder?" Als er zwinkerte, wusste ich, dass er Witze machte. „Gefällt es dir, wenn ich deinen Kitzler lecke?"

Ich zögerte nicht. „Ja."

Er antwortete nicht, sondern widmete sich wieder mit Eifer seiner Aufgabe. Innerhalb von Sekunden bewegte ich meine Hüften, aber seine Hände hielten mich fest. Zuerst verweilte seine Zunge allein auf meinem…Kitzler, aber dann wanderte sie nach unten und beschrieb Kreise um meinen jungfräulichen Eingang, tauchte die Spitze hinein.

„Oh!" Meine inneren Wände zogen sich zusammen, meine Beine fingen an zu zittern.

Ich warf den Kopf zurück und als sein Mund zurückkehrte, um wieder an meinem Kitzler zu saugen und zu lecken, schlossen sich meine Augen. Es fühlte sich zu gut an, um Widerstand zu leisten, um zu kämpfen. Was Ethan mit mir tat, war etwas, was ich mir nie vorgestellt hatte. Nicht nur der Gedanke, das Gesicht eines Mannes zwischen meinen Beinen zu haben, sondern auch das Vergnügen, das diese Aktion meinem Körper entlockte.

Meine Atmung ging schwerfälliger und ich begann zu keuchen. Während das Vergnügen zuvor schon bemerkenswert gewesen war, wurde es jetzt immer und immer größer bis zu einem Punkt, an dem es mir Angst einjagte. Es war plötzlich zu viel. „Ethan, ich…es…ich weiß nicht, was ich tun soll!"

Er knurrte und ich spürte die Vibrationen an meinem empfindlichen Fleisch. „Du musst gar nichts tun, Liebes. Gib dich einfach hin und ich werde mich um dich kümmern."

„Aber – "

„Spürst du meine Hände?"

Eine Hand packte meinen Innenschenkel, die andere bewegte sich, sodass nur eine Fingerspitze über mein feuchtes Fleisch glitt.

Ich nickte, mein Kopf drückte sich ins Bett.

„Ich hab dich. Du bist in Sicherheit. Tu so, als würdest du von einer Klippe baumeln und lass dich einfach fallen."

6

AISY

Kurz bevor sein Mund zurückkehrte, spürte ich seinen Atem auf meinem Kitzler, der pulsierte. Er ließ in seiner Aufmerksamkeit nicht nach, trieb mich immer weiter und weiter, bis ich mich, wie er sagte, am Rand einer Klippe befand. Noch ein Zungenschlag und ich würde mit Sicherheit fallen. Was passierte dann?

„Oh!"

Ich musste Ethan vertrauen, dass er mich auffangen würde. Er streichelte mit seiner Zunge auf solche Weise über mich, dass ich losließ und ich fiel, fiel in das Vergnügen, das durch mich pulsierte und aus jeder Pore quoll. Mein Kitzler war das Epizentrum der Empfindungen, die sich durch meinen ganzen Körper ausbreiteten. Meine Zehen kribbelten, meine Wangen röteten sich, meine Nippel zogen sich zusammen. Die ganze Zeit über spürte ich Ethans Hände auf mir, seine Zunge glitt sanft über mich, bis ich erschöpft war. Anschließend war ich, anstatt angespannt und nervös, befriedigt und schlaff, als wären meine Knochen geschmolzen. Es war, als wäre meinem Körper auf die wunderbarste Weise jedes bisschen Energie entzogen worden.

„Was war *das*?", fragte ich, ließ seine Haare los und legte meine Hand auf meinen Bauch.

Ethan hob seinen Kopf, wischte sich mit dem Handrücken über den Mund. „Das nennt man Orgasmus. Es gibt noch andere Arten, es zu umschreiben. Du hast den Höhepunkt erreicht. Du bist gekommen. Heftig, so wie es aussah."

Seine Augen wanderten über mich und ich dachte mir, er hatte die Sittsamkeit direkt aus mir georgasmust.

Ich grinste. „Das hat mir gefallen."

Er hob eine Augenbraue. „Dir hat es nur gefallen? Na, das kriegen wir noch besser hin."

Meine Augen weiteten sich. „Wir können das nochmal machen?"

Er murmelte seine Zustimmung, während er sich über mich beugte und seine Hände links und rechts neben meinen Kopf legte. Seine Nase strich fast über meine. „Wieder und wieder. Zuerst möchte ich meine Braut allerdings küssen."

Seine Lippen glitten über meine, sanft, fast schon süß. Einmal, zweimal, dann vertiefte er den Kuss. Er neigte seinen Kopf und mein Mund öffnete sich mit einem Keuchen. Seine Zunge tauchte in meinen Mund und fand meine. Das war kein Kuss. Das war ein Angriff auf meine Sinne. Ich war überwältigt. Er schmeckte nach Pfefferminz und etwas Süßem – schmeckte ich etwa so dort unten? Ich atmete jedes Mal, wenn ich Luft holen konnte, seinen Duft ein, dunkel und herb. Mir wurde wieder warm, mein

Körper war geradezu begierig nach weiteren Zuwendungen seines Mundes. Dieses Mal erregte er mich allein durch einen Kuss und brachte mich so zum Höhepunkt.

Während er von meinem Kiefer zu meinem Ohr entlang küsste, flüsterte er: „Ich werde dich wieder zum Höhepunkt bringen. Erinnerst du dich daran, als ich gesagt habe, dass ich meinen Schwanz nur in dich stecken werde, wenn du darum bettelst?"

Er leckte um meine Ohrmuschel und ich stöhnte.

„Ich deute das als ein Ja. Gib mir eine Minute, Liebes, und du wirst betteln."

Seine große Hand streichelte über meinen Bauch, während er meinen Hals hinunter küsste, tiefer und tiefer, bis er meinen Nippel in seinen Mund nahm. Während er daran zog und mit seiner Zunge darüber glitt, tauchte seine Hand zwischen meine Schenkel. Meine Knie hoben sich und drückten gegen seine Seiten.

Seine Finger streichelten über mich, dann teilten sie mich, dann beschrieben sie Kreise um meinen Eingang. Ich konnte nicht allzu viel darüber nachdenken, weil sein Mund äußerst dekadente Dinge mit einem Busen anstellte, dann mit dem anderen. Er wechselte zwischen den beiden ab, wodurch die Spitzen feucht und hart und sehr, sehr empfindlich wurden.

Meine Hände kehrten ein weiteres Mal in Ethans Haare zurück, hielten ihn an Ort und Stelle, damit er seine Liebkosungen nicht stoppte. Als sein Finger in mich glitt, schrie ich auf und zog mich zusammen. Das war das erste Mal, dass ich mit meinen inneren Muskeln etwas packen konnte und ich wollte mehr. Obwohl sein Finger dick war und er mich definitiv dehnte, war es nicht genug. Ich wollte mehr. Größer. Tiefer. Er drückte nach innen und ich zuckte zusammen. Der Schmerz seiner Berührung ließ mich aufkeuchen.

Sein Kopf hob sich und er sah mich an, während sein Finger nach wie vor tief in mir steckte. Seine Lippen waren rot und feucht und ich schätzte, dass meine geschwollen waren, da sie von seinen Küssen ganz kribbelig waren. „Das ist dein Jungfernhäutchen, Liebes. Es gehört mir. Nicht wahr?"

Der dicke Finger zog sich so weit zurück, dass es nicht länger schmerzhaft war und streichelte über eine Stelle, die mich dazu brachte, den Rücken durchzubiegen und meine Fersen in die Matratze zu drücken.

„Ja!", schrie ich. Wenn er mein Jungfernhäutchen wollte, konnte er es haben. Ich würde ihm in diesem Moment alles geben, da ich wollte, was er mir zuvor gegeben hatte. Ich wollte unbedingt zum Höhepunkt kommen.

„Das hier ist eine besondere Stelle. Ich kann mit meinem Finger darüber streicheln...genau so." Er tat es und ich japste. Schweiß brach auf meiner Haut aus. „Oder ich könnte sie mit meinem Schwanz streicheln. Das wird sich so verdammt gut anfühlen, meinst du nicht auch?"

Die Vorstellung, dass mich sein Schwanz, so groß und dick, füllte und diese geweitete Spitze gegen die Stelle stupste, über die er momentan mit seinem Finger glitt, veranlasste mich dazu, seinen Kopf zu packen und ihn hochzuziehen, sodass er mich ansah.

Er grinste. „Ja, Liebes?"

„Bitte", flehte ich, genau wie er es mir prophezeit hatte.

„Willst du meinen Schwanz in deiner engen Pussy haben? Willst du, dass ich dich schön weit dehne?"

Ich stöhnte, da die Vorstellung und seine verdorbenen Worte eine verzweifelte Lust in mir entfachten. Sein Finger hörte nicht auf und brachte mich immer näher zu der

Klippe, die er zuvor erwähnt hatte, aber nicht nah genug, als dass ich darüber stolpern hätte können. Vielleicht reizte er mich nur, brachte mich mit Absicht zum Betteln. Es war mir egal. Es war völlig bedeutungslos, wessen Idee es war, dass sein Schwanz mich füllte, weil ich einfach nur wollte, was er mir gab.

„Gib es mir", hauchte ich.

Seine Augen verdunkelten sich und seine Finger glitten aus meinem Körper.

„Nein!", kreischte ich.

„Schh", beruhigte er mich. Anstatt seiner stumpfen Finger spürte ich etwas Warmes und sehr Breites an meinem Eingang, das dagegen stupste und über meine Feuchtigkeit glitt. „Dein Jungfernhäutchen ist straff. Mein Schwanz wird es zerreißen, Liebes, und es wird wehtun."

Ich versteifte mich und versuchte, meine Beine zu schließen, aber so umklammerte ich seine Seiten nur noch fester.

„Nur während es durchbrochen wird, dann, das verspreche ich, werde ich es wieder gut machen. Du bist tropfnass, also werde ich problemlos in dich gleiten."

Jetzt wusste ich, wozu meine Feuchtigkeit diente. Sie war dazu da, das Eindringen seines Penis zu erleichtern und ich war froh darüber. Seine Hüften bewegten sich und sein Penis teilte mein jungfräuliches Gewebe, dehnte mich, spreizte meine unteren Lippen, sodass sie sich um ihn schlangen.

Sein Kiefer presste sich zusammen, während er langsam Stück für Stück in mich eindrang und sich wieder zurückzog, bis ich spürte, dass er gegen mein Jungfernhäutchen stieß. Ich keuchte mittlerweile und versuchte, mich zu entspannen, um das Brennen, so gefüllt zu werden, zu lindern. Ich drückte gegen seine Schultern, denn obwohl ich ihn in mir haben wollte, versuchte ich auch gleichzeitig, ihn aus mir zu schieben.

„Dann wollen wir mal schauen, ob dir das gefällt."

Er brachte seine Hand zwischen uns, sein Daumen strich über meinen Kitzler und kreiste langsam. Diese zusätzliche Bewegung machte meinen Körper weich für ihn und ich seufzte vor glückseligem Vergnügen. Es machte mich blind für das, was er gleich tun würde, da ich die Empfindungen erkannte, die sein Daumen hervorrief. Es war als würde er glühende Kohlen zu einem lodernden Feuer entfachen. Erst als ich meine Hüften anhob, ging er weiter und durchstieß meine Barriere mit einem geschmeidigen Stoß, bis er vollständig in mir war.

Ich versteifte mich und drückte wieder gegen seine Schulter. Der Schmerz war scharf, das Ausgefülltsein, weil er in mir war, überwältigend. „Es ist zu viel", jammerte ich.

Ethans Hand packte meine Hüfte, während er selbst reglos verharrte. Er umgab mich, vereinnahmte mich. Wenn es sich so anfühlte, sich mit einem Mann zu paaren, ein Baby zu machen, dann musste ich wirklich am Verstand meiner Schwestern zweifeln.

„In Ordnung. Du kannst, ähm…ihn jetzt rausziehen."

Ethans Atem strich über meine Schulter, während er seinen Kopf fallen ließ. Als er ihn hob, um mich anzuschauen, sah ich, dass ihm der Schweiß auf der Stirn stand und sein Kiefer fest zusammengepresst war. „Warum würde ich das tun wollen, Liebes? Ich bin doch gerade erst in dich eingedrungen."

„Weil wir fertig sind. Ich…ich habe dich aufgenommen und jetzt ist es vorbei."

Er grinste. „Vorbei? Wir fangen gerade erst an."

„Du meinst – "

„Was wir getan haben, das war nur Vorspiel. Das – " Er

verschob seine Hüften und sein Schwanz bewegte sich. Meine Augen weiteten sich bei dem überraschenden Funken. „ – ist Ficken. So wie du auf meinem Mund gekommen bist, bin ich zuversichtlich, dass es dir gut gefallen wird."

Eine weitere leichte Bewegung sorgte dafür, dass ich meine Augen aufriss. „Oh", hauchte ich.

„Schling deine Beine um meine Taille, Liebes. Ich werde dich mit auf einen Ritt nehmen." Ich hob meine Beine und er schlang das eine, dann das andere um seinen Rücken. „Gutes Mädchen."

Er zog seinen Penis aus mir, sodass nur die breite Spitze in mir blieb. Er senkte sich auf seine Unterarme, sodass sein Gesicht meinem ganz nah war. Während er die Haare aus meiner Stirn strich, sagte er: „Ein Pferd zu reiten, ist angenehm, wenn man einen leichten Trab anschlägt, aber es ist aufregend, wenn man das Tier zu Spitzengeschwindigkeiten antreibt. Oder?"

Ich runzelte die Stirn über diese merkwürdige Frage, weshalb ich einfach nur nickte.

„Dann mach dich auf etwas Aufregendes gefasst."

Er rammte wieder in mich und raubte mir den Atem. Er zog sich zurück und nahm mich hart, wieder und wieder.

Als sich meine Finger dieses Mal in seine Schultern gruben, tat ich das nicht, um ihn wegzustoßen, sondern um mich festzuhalten. Seine Hüften pressten meine in die Matratze, seine Brust rieb über meine Brüste und reizte meine harten Nippel. Sein Schwanz...oh, sein Schwanz rieb über Stellen in mir, die so gute Gefühle in mir auslösten, dass ich meinen Kopf zurückwarf und meine Augen schloss. Ich hörte atemlose Laute und realisierte, dass ich diese machte. Er rieb bei jedem Stoß über meinen Kitzler und vielleicht hatte der Doktor ja magische Fähigkeiten, denn er wusste genau, wie er meinem Körper Lust entlocken konnte. Da er mich zuvor schon mal zum Höhepunkt gebracht hatte, wusste ich jetzt, wie es sein würde, aber dies, dies war ein wenig anders. So tief gefüllt zu sein, die Art, wie er über meine empfindsamen inneren Wände rieb, die Art, wie er gegen meinen Kitzler stupste, sogar dass er fast schon grob war, trieb mich an den Rand des Vergnügens.

„Ja, oh Ethan, es fühlt sich gut an."

Geräusche von Haut, die auf Haut klatschte, füllten den Raum. Das war nicht ordentlich. Das war nicht sauber. Es war feucht und primitiv und dunkel und definitiv wild. Ethan fickte mich mit Hingabe, verloren in seinem eigenen Vergnügen. Zu wissen, dass ich ihn in diesen Zustand versetzen konnte, stieß mich über die Klippe.

Ich schrie meine Erlösung hinaus, während er mich weiterhin fickte. Meine Hüften hoben sich, um ihn tiefer aufzunehmen, wollten mehr. Seine Bewegungen wurden unrund und er stieß einmal tief in mich, dann ein zweites Mal, bevor er tief in mir erstarrte.

Sein abgehacktes Stöhnen entsprang keinem Schmerz, sondern intensivem Vergnügen und ich spürte eine Wärme tief in mir pulsieren. Da sich seine Stirn gegen meine drückte, vermischte sich unser keuchender Atem.

„Sind wir...ist es jetzt vorbei?", flüsterte ich.

Ethan küsste meine Stirn, bevor er langsam herauszog.

Ich zischte wegen der Leere auf, dem Gefühl der heißen Flüssigkeit, die aus mir tropfte. Er setzte sich zurück auf seine Fersen und starrte fast schon ehrfürchtig zwischen meine Beine. Mit einem Finger streichelte er über mein geschwollenes Fleisch und hielt ihn dann hoch. Vorhin hatte er mir meine Feuchtigkeit, meine eigene Erregung, gezeigt, aber dieses Mal war es dicklich und weiß mit einem Hauch rosa.

„Mein Samen, dein Jungfernblut. Ich werde wieder hart."

Ich stemmte mich auf meine Ellbogen und warf einen Blick auf seinen Penis. Ich sah keinen Unterschied in der Größe, nur dass er ebenfalls feucht von unseren vermischten Flüssigkeiten war. War sein Penis immer so groß? Wie konnte er damit herumlaufen? Wieso hatte ich ihn noch nie zuvor in seiner Hose bemerkt?

„Das bedeutet...?"

„Das bedeutet, dass es erregend ist, die Pussy meiner Frau zu sehen, aus der mein Samen tropft. Ich denke, ich werde nach jedem Fick von dir verlangen, dass du mir deine überfließende Pussy zeigst."

Die Vorstellung hätte abschreckend und schmutzig sein sollen, aber stattdessen war sie geradezu berauschend. *Ich* hatte Ethan so begierig gemacht. *Ich* hatte ihn so sehr erregt, dass er seinen Samen vergossen hatte. *Mein* Körper war für ihn so attraktiv, dass er ihn auf die niederste Art und Weise betrachten wollte. Da sich meine Beine links und rechts von seinem Körper befanden, war ich vollständig entblößt vor ihm, ganz geschwollen und erobert. Ich hatte gedacht, dass Geschlechtsverkehr Fummeln im Dunkeln wäre, aber davon war es meilenweit entfernt.

Ethan erhob sich lang genug, um seine restlichen Kleider abzustreifen, bevor er die Decke zurückzog und wir uns darunter kuschelten. Er drehte mich so, dass ich von ihm abgewandt war, dann zog er mich an sich genauso, wie wir im Indianerdorf geschlafen hatten. „Schlaf. Du wirst ihn brauchen."

7

ℰthan

In meiner Hochzeitsnacht aus dem Bett gerufen zu werden, um die Kopfwunde eines Mannes zu nähen, der in einen Kampf im Saloon verwickelt gewesen war, machte mich nicht glücklich. Daher war es nur im Sinne des Mannes, dass er ohnmächtig geworden war, bevor ich meine Nadel in seine Haut gestochen hatte. Ich verrichtete meine Arbeit an ihm weder sanft noch akkurat. Ich war an die Unvorhersehbarkeit meines Berufes gewöhnt. Ich hielt keine normalen Bürostunden ein, wie es ein Bankier tat. Meine Zeit richtete sich nach den Kranken.

Seit ich dreizehn Jahre alt gewesen war, hatte ich Arzt werden wollen. Seit dem Tag, an dem meine Mutter und Schwester von einer kleinen Gruppe wütender Yankees ermordet worden waren. Meine Stadt war niedergebrannt und zerstört worden. Diejenigen, die zurückgeblieben waren, waren entweder Frauen oder Jungen, die zu jung zum Kämpfen waren und den vollen Umfang der Wut der Angreifer ertragen hatten müssen. Ich war machtlos gewesen, um auch nur eine von beiden zu verteidigen oder zu retten. Ich war jung gewesen, aber ich hatte erkannt, worum dieser Krieg eigentlich ging: Macht. Macht über andere Menschen. Die Weißen wollten die Schwarzen besitzen. Die Yankees hatten den alten Süden regelrecht eingestampft. Völlige Kontrolle. Ich hatte keine...zu jener Zeit.

Aber ich hatte mir geschworen, nie wieder dieselbe Verzweiflung zu spüren, die Schwäche und den Kontrollverlust, den ich damals erlebt hatte. Ich hatte mich dem Kampf angeschlossen, um zu überleben – die Armee hatte mich mit Kleidern und Essen versorgt – nicht wegen einem politischen Ziel. Ich hatte unermüdlich daran gearbeitet, die Schulgebühr aufzutreiben und hatte mir mit einem Fokus und einer Intensität, die einer Tragödie entsprungen waren, meinen medizinischen Abschluss erarbeitet. Ich wusste zwar, dass ich meine eigene Familie nicht mehr retten konnte, aber vielleicht könnte ich andere retten, die genauso unterdrückt wurden, wie wir es gewesen waren. Ich behandelte Patienten ohne Vorurteile und war deswegen mehr oder weniger aus dem Staat getrieben worden. Die politischen Abenteurer aus dem Norden und das Durcheinander des Südens, das selbst zwanzig Jahre nach Ende des Krieges noch vorherrschte, motivierten mich dazu, an einem anderen Ort ein neues Leben zu beginnen. Das Montana Territorium war ein Neuanfang für mich. Ich hatte eine Routine, einen Tagesablauf. Auch wenn er oft durch Patientenbesuche durcheinandergewürfelt wurde, so war dennoch ich derjenige, der das Sagen hatte. Die Leute hörten auf mich, folgten meinen Anweisungen.

Ich hatte alles sauber und in geordneten Bahnen

geführt, bis Daisy Lenox auf der Bildfläche erschienen war. Sie war die erste Frau, die ich jemals kennengelernt hatte, die den Verstand eines Blaustrumpfes besaß, den Körper einer Edelhure, der unter sehr sittlichen Kleidern versteckt wurde, und das Verhalten eines waghalsigen Jugendlichen aufwies.

Ihr Verstand faszinierte mich. Ihr Körper führte mich in Versuchung und erregte mich. Ihr Verhalten sprach jedes einzelne meiner Kontrollbedürfnisse an. Zuerst hatte ich sie für eine verwöhnte junge Dame gehalten, aber als ich den eifrigen Blick in ihren Augen entdeckt hatte, wenn ich ihr Lob oder eine Warnung angedeihen hatte lassen, hatte ich eine verwandte Seele entdeckt. Ich musste meine Dominanz ausüben und sie brauchte es im Gegenzug, sich dieser zu unterwerfen.

Ich wusste das mit Bestimmtheit, und mehrere Begebenheiten bestätigten das, aber Daisy würde Zeit brauchen, um ihre wahren Bedürfnisse zu erkennen, um sie anzunehmen anstatt sich ihrer zu schämen. Ich war sehr erpicht darauf, sie ihr zu zeigen. Ich hatte nicht beabsichtig, sie zu heiraten und ganz bestimmt nicht auf die Weise, wie wir es getan hatten, aber vielleicht hatte mir auch etwas in meinem Leben gefehlt. Es war eine Sache, mein Leben gnadenlos im Griff zu haben, aber mir hatte die Gelegenheit gefehlt, das auch einer anderen Person zu schenken.

Ich konnte meinen Patienten sagen, sie sollten ihre Medizin nehmen, aber es war letzten Endes ihre Entscheidung, ob sie meinen Worten Folge leisten wollten oder nicht. Ich hatte Daisy gesagt, sie solle einen Hut tragen, um die Kälte abzuwehren, aber ich hatte keine Autorität über sie gehabt, keine Möglichkeit sicherzustellen, dass sie meinen Worten um ihres Wohlbefindens willens gehorchte. Als sie fast gestorben war, hatte ich ihr für ihre

Nachlässigkeit den Hintern zu einem leuchtenden Pink versohlt, aber da hatte ich sie bereits als die Meine akzeptiert gehabt. Wenn sie sich nicht anständig um sich selbst sorgte, dann würde ich eben sicherstellen, dass sie es tat.

Nachdem ich meine Arzttasche an ihre übliche Stelle neben der Tür abgestellt und meine Hände und Gesicht mit kaltem Wasser aus der Pumpe in der Küche gewaschen hatte, legte ich ein Holzscheit im Ofen nach. Anschließend zog ich mich aus, während ich Daisy betrachtete, die tief und fest auf ihrem Bauch schlief. Ich schlüpfte vorsichtig zurück ins Bett, um sie nicht aufzuwecken. Zum ersten Mal war mein Bett warm. Der durchdringende Geruch von Sex und Daisys sanfter Duft hüllten mich ein. Sie murmelte in ihrem Schlaf, während sie zu mir rollte, ihren Kopf auf meine Brust bettete und ein Bein über meines warf. Für einen Augenblick erstarrte ich, meine Hand nur einen Zentimeter über ihrer weichen Haut, überrascht von ihrer unbewussten Handlung. Erst in diesem Moment, in der dunkelsten Stunde der Nacht, als ich mit Bestimmtheit wusste, dass Daisy sicher in meinen Armen lag, konnte ich mich entspannen. Ich seufzte und legte meine Hand auf die seidige Haut ihres Kreuzes. Ich schloss meine Augen und schlief ein, ausnahmsweise einmal zufrieden.

„Als deine Frau hätte ich dir Frühstück machen sollen", sagte Daisy von der Tür. Ich drehte mich beim Erklingen ihrer Stimme mit der Kaffeekanne in der Hand um. Sie hatte ihr Nachthemd angezogen, aber sonst nichts. Ihre Haare hingen lang über ihren Rücken, ihre Lippen waren rot und leicht geschwollen von meinen Küssen. Ihre Brüste waren voll und die Nippel durch den dünnen Stoff sichtbar. Ich konnte auf deren oberen Schwellung eine leichte Röte von meinen Bartstoppeln sehen. Es gab nicht viele Stellen an ihrem Körper, die ich in der vergangenen Nacht vernachlässigt hatte.

Ich war mit der Sonne aufgewacht und hatte die Öfen angeheizt, da ich nicht wollte, dass das Haus kalt wurde. Noch vor kurzem hätte ich keinen Gedanken an die Temperatur verschwendet, aber jetzt dachte ich an die Behaglichkeit meiner Frau. Ich hatte meine Hose übergestreift, aber sonst nichts. Mein Schwanz wurde bei ihrem Anblick sofort hart und ich verlagerte ihn in der Hose.

„Ich brauche keine Frau, die kocht und sich um das Haus kümmert", erklärte ich.

Ihre Augen landeten auf der Vorderseite meiner Hose. „Nein?"

Ich stellte die Kaffeekanne zurück auf den Herd, lief zu ihr und strich eine lange Strähne ihres Haares hinter ihr Ohr. „Ich habe andere Bedürfnisse, die deine sehr spezifische Aufmerksamkeit viel dringender nötig haben."

Vielleicht lag es an dem sanfteren Tonfall meiner Stimme, denn ein kleines Lächeln umspielte ihre vollen Lippen.

„Die da wären?" Sie legte ihre Hand auf meine Brust und ich saugte die Luft ein.

„Vielleicht sollte ich es dir zeigen."

Sie biss auf ihre Lippe und nickte. Ich nahm ihre Hand und führte sie hinüber zum Tisch. Ich setzte mich und zog sie auf meinen Schoß. Ihre Augen weiteten sich überrascht, aber sie ließ sich ohne weiteres auf mir nieder. Sie mochte zwar in Bezug auf Sex unschuldig sein, aber sie war nicht ängstlich. Ich streichelte mit meinen Fingerspitzen über ihre nackten Arme. Ihre Haut war so bleich, so weich. „Bist du wund?"

Sie wandte den Blick ab und antwortete: „Ein bisschen."

Mit meinen Daumen schob ich einen dünnen Träger ihres Unterhemdes über ihre Schulter, dann den anderen, sodass der Stoff nach unten fiel und an ihren Brüsten hängen blieb. Ich fuhr fort über ihre Haut zu streicheln. Ich liebkoste ihre Arme, ihre Schultern, ihren Hals, sogar ihre Wangen. Ihre Atmung beschleunigte sich und ich konnte ihren hektischen Pulsschlag an ihrem Hals sehen.

Indem ich einen Finger in ihrem Nachthemd verhakte, zog ich es nach unten und es fiel leise raschelnd und bauschte sich an ihrer Taille. „Ich will deine Brüste sehen." Ich umfasste sie mit meinen Händen, fuhr mit meinen Daumen über ihre Nippel, die jetzt hart und aufgerichtet waren. So wie sie ihren Rücken durchbog und sie mir in die Hände stieß, schienen sie auch empfindlich zu sein. „Denkst du, ich könnte dich zum Höhepunkt bringen, indem ich nur mit deinen Nippeln spiele?"

Mit einem Seufzen fielen ihre Augen zu. Ich begann an ihren Nippeln zu ziehen, mit meinem Daumen und Zeigefinger daran zu zupfen. Ihre Hüften bewegten sich. Wenn es so weiterging, würde ich nicht lange durchhalten. Sie war zu empfänglich und zu neu für mich. Ich konnte nicht genug von ihr kriegen und ich bezweifelte, dass sich das so schnell ändern würde.

„Wir werden diese Möglichkeit erkunden. Später. Jetzt allerdings gibt es noch mehr von dir, das ich sehen muss."

Ich ergriff ihre Hüften und hob sie von meinem Schoß. Sobald sie stand, rutschte das Nachthemd über ihre Hüften und fiel zu Boden. „Beug dich über den Tisch."

Sie blickte auf den Tisch, dann zu mir. Als ich wartete, drehte sie sich um und tat wie geheißen, aber zischte, als das kühle Holz ihre Unterarme und Bauch berührte. Die Spitzen ihrer Brüste berührten geradeso die harte Oberfläche. In dieser Stellung befand sich ihr Arsch in der perfekten Position zum Ficken, aber sie hatte gesagt, sie sei wund.

„Gutes Mädchen", murmelte ich, während ich den Stuhl packte und ihn so zog, dass ich direkt hinter ihr sitzen konnte.

„Ethan!", kreischte sie und stand auf.

„Bleib wie du warst." Eine Hand auf ihrem Kreuz drückte sie wieder nach unten.

„Es ist helllichter Tag und du kannst...alles sehen!" Sie schaute mit einer Mischung aus Scham und Verlangen über ihre Schulter zu mir.

„Ja, das kann ich." Ich streichelte mit einer Hand über ihren Hintern. „Deine Haut ist wieder milchig weiß. Keine Blutergüsse. Bist du hier wund?"

Ich beobachtete, wie sich ihre Wangen röteten. „Nein", erwiderte sie.

„Und hier." Ich glitt mit einem Finger nach unten über ihre rosa unteren Lippen. „Wie fühlt sich deine Pussy?"

Sie begann sich zu winden und ich lächelte. Ihre Falten waren geschwollen und feucht von neuerlicher Erregung. Getrockneter Samen benetzte sie von ihren Schenkeln bis zu den dunklen Haaren auf ihrem Venushügel. Ihr Kitzler war hart und ragte aus dem Schutz seines Häubchens hervor. Langsam schob ich einen Finger in sie.

Ich konnte das zufriedene Grunzen nicht zurückhalten, das mir entkam, als ich sie tief in ihrer Pussy nicht nur feucht, sondern cremig von meinem Samen vorfand. Ich hatte sie markiert, innen und außen, und das beruhigte meine niedersten Bedürfnisse. „Und hier?", knurrte ich.

„Ein wenig wund, aber Ethan...es, dein Finger fühlt sich so gut an", seufzte sie.

Ihre Hüften begannen leicht zu kreisen, während sie auf ihre Zehenspitzen ging und ihren Körper auf meinen Fingern bewegte, wie es ihr gefiel. "Fickst du dich etwa selbst auf meinem Finger, Liebes?"

Ihr wurde bewusst, dass ich ihr nicht gesagt hatte, was sie tun sollte, sondern sie stattdessen die Entscheidung selbst getroffen hatte und hörte sofort auf. Ihre Hemmungen verringerten sich, wenn sie die Kontrolle abgab.

„Du willst etwas zum Ficken?"

Ich zog einen Finger heraus und meinen Schwanz schnell aus der Hose. Ihre Hüfte packend zog ich sie zurück und nach unten, sodass sie rittlings auf meinen Beinen saß und über meinem Schwanz positioniert war. Sie sah über ihre Schulter zur mir, ein tiefes V formte sich auf ihrer Stirn.

„Wenn du etwas zum Ficken brauchst, werde ich immer etwas haben, um dich zu füllen. Bist du dir sicher, dass du nicht zu wund bist?"

Sie biss auf ihre Lippe und schüttelte den Kopf. Das Verlangen, das ich in ihren Augen sah, beschloss die Sache für mich.

„Fürs Erste wird es mein Schwanz sein. Senk dich nach unten."

Ich half ihr, indem ich meinen Schwanz an ihre gierige Pussy führte und sie langsam nach unten zog, während sie von mir abgewandt war. Sie war so eng, dass es eine knappe Passung war. Mit einer Hand auf ihrer Hüfte und der anderen auf ihrer Schulter, neigte ich sie nach vorne und sie sank einen Zentimeter nach unten. „Na also. Jetzt weißt du, was du tun musst. Setz dich auf meinen Schoß, Liebes."

Mit einem Biss auf ihre Lippe und einem Wackeln ihrer

Hüften drückte sie sich immer weiter auf meinen Schwanz. Es war fast unmöglich, sitzen zu bleiben, da ich sie wieder über den Tisch beugen und hart ficken wollte. In dieser Aktion hier lag jedoch eine Lektion. Ich wollte, dass sie sah, dass sie eine leidenschaftliche Frau war. Dass ihr Vergnügen, auch wenn es meiner Kontrolle unterlag, mit ihrem Körper zusammenhing, nicht mit dem, was ich mit ihm anstellte. Also würde sie sich selbst mit meinem Schwanz ficken und sich selbst zum Höhepunkt bringen.

Ich zischte, als ihr Hintern fest auf meinen Schenkeln ruhte und mein Schwanz sie vollständig ausfüllte. Ich griff um sie und umfasste zärtlich ihre Brüste, dann zupfte ich an den Nippeln. „Jetzt beweg dich, Liebes. Bring dich selbst zum Höhepunkt."

„Etwas so?", fragte sie.

„Genau so."

Ich küsste ihre Schulter und entlang den Erhebungen ihrer Wirbelsäule, aber sie bewegte sich nicht. Ich würde eines schmerzhaften Vergnügens sterben, wenn sie sich nicht heben würde, also versetzte ich dem fleischigen Teil ihres Hinterns einen Schlag.

Erschrocken hob sie sich an und schrie auf.

„Das ist es."

Als sie sich senkte, drang ich wieder tief in sie.

Sie brauchte nicht lange, um zu verstehen, was sie tun sollte. Innerhalb einer Minute wusste ich, dass sie sich in den Bewegungen verloren hatte, da diese von einem einfachen Heben und Senken zu einem Kreisen der Hüften übergegangen waren. Zudem hob sie sich fast vollständig von mir und rieb meinen Schwanz über eine sehr spezifische Stelle.

Ich stöhnte bei dem Gefühl von ihr auf, der Art, wie ihre Wände mich drückten, als ob sie versuchten, den Samen aus meinen Hoden zu melken. Es funktionierte, denn ich spürte, dass sich mein Orgasmus am Ansatz meines Rückgrats aufbaute.

„Es ist so gut. Ich...oh, Ethan, ich werde kommen!"

„Berühr deinen Kitzler, Liebes."

„Was?", keuchte sie. „Warum?"

Ich schlug ihr auf den Hintern, nicht zu hart, aber mit genug Kraft, dass sie sich um meinen Schwanz zusammenzog und ich zischte.

„Gehorche", flüsterte ich in ihr Ohr, dann leckte ich die zierliche Ohrmuschel. „Denk dran, du tust, was ich sage und ich werde dir genau das geben, was du brauchst."

Ihre Hand glitt zwischen ihre Schenkel und sie stöhnte. Ich stieß ihre Füße weiter auseinander, machte sie zugänglicher und sie glitt sogar noch weiter auf meinen Schwanz.

Ich raunte ihr eine Litanei Lobworte ins Ohr. Sie war so ein gutes Mädchen, weil sie sich selbst auf meinem Schwanz fickte und das erzählte ich ihr. Ihr Körper versteifte sich, als sie kam, ihre inneren Wände kontrahierten um mich. Ich konnte mich nicht zurückhalten, weshalb sich mein heißer Samen in sie ergoss, als sie ihr Erlösung hinausschrie.

Ich küsste ihre schweißnasse Schulter und hielt sie fest, während sie sich erholte. Nach ein oder zwei Minuten, als meine Beine wieder Kraft hatten, erhob ich mich und lehnte mich nach vorne, sodass ihr Oberkörper wieder auf dem Tisch ruhte, während ich nach wie vor tief in ihr steckte. Ich zog heraus und beobachtete, wie mein Samen aus ihrer wunderbar benutzten Pussy tropfte.

Während ich meine Hose hochzog und zuknöpfte, sagte ich: „Das ist definitiv eines der Dinge, die ich von dir verlange."

Sie drehte ihren Kopf und lächelte mich verträumt an. Ich kehrte zur Kaffeekanne zurück und füllte meine Tasse. „Trinkst du Kaffee?", fragte ich beiläufig und sie nickte zustimmend. Als sie Anstalten machte, sich zu aufzurichten, schüttelte ich meinen Kopf. „Bitte bleib so."

„Warum?"

„Weil ich dich anschauen möchte, während ich ein Bad für dich fertigmache."

„Ethan, ich laufe förmlich aus und du kannst alles sehen!"

„Genau. Hast du irgendeine Ahnung, was es mit mir anstellt, deine Pussy so benutzt und mit meinem Samen bedeckt zu sehen?"

Sie schüttelte den Kopf.

„Ich bin ein sehr besitzergreifender Mann. Ich will dich noch einmal."

„Jetzt?", fragte sie ungläubig.

„Nicht jetzt, aber ich garantiere dir, bald. Du wirst dort liegen, während ich das Wasser erhitze. Ich hab dich gestern Nacht ganz schmutzig gemacht, aber ich konnte es einfach nicht erwarten, dich wieder zu ficken." Ich hatte die Wanne mit Wasser, das ich auf dem Herd erwärmt hatte, gefüllt. Indem ich meinen Finger in den Topf steckte, testete ich die Temperatur. Mit einem Lappen trug ich ihn zu der Kupferwanne und goss noch eine dampfende Ladung hinein. Ich ging zur Pumpe und begann den Topf ein weiteres Mal zu füllen. Während ich das tat, zog ein Klopfen an der äußeren Praxistür unsere Aufmerksamkeit auf sich. Ich seufzte und stellte den Topf zurück auf den Herd. Ich wollte von dem erfreulichen Anblick nicht abgelenkt werden.

Ich öffnete die Tür, aber drehte mich um, als Daisy meinen Namen rief.

„Kann ich jetzt aufstehen?"

Ich sah zu ihr, wie sie perfekt auf dem Tisch ausgebreitet war. Ich würde ab jetzt keine Mahlzeit mehr einnehmen können, ohne hart zu werden. „Nein. Bleib genau so, Mrs. James." Ich sprach mit tieferer Stimme, sodass sie wusste, dass ich es ernst meinte. Ich schloss die Tür hinter mir. Während *ich* zwar wusste, dass meine Frau nackt auf dem Küchentisch ausgebreitet war, musste es sonst niemand wissen.

Eines der Saloonmädchen stand an der Außentür. Sie brauchte ein oder zwei Minuten, um das Problem zu schildern und dann kehrte ich zu Daisy zurück. Sie befand sich noch in der gleichen Position, in der ich sie zurückgelassen hatte, auch wenn die Hitze aus ihren Augen verschwunden und sie ungeduldig war.

Ich lächelte sie an. „Es freut mich, dich so zu sehen. Bereit, gefickt oder geleckt zu werden. Du bist die Meine und ich liebe es zu sehen, dass du dich mir anbietest."

Das Lob verbesserte ihre Stimmung und als ich ihr beim Aufstehen half, küsste ich sie zärtlich.

„Ich muss in den Saloon gehen. Eines der Mädchen dort braucht meine Hilfe."

Sie runzelte die Stirn. „Ein Saloonmädchen *braucht* deine Hilfe?"

Ich runzelte ebenfalls die Stirn. „Mir gefällt dieser Ton nicht, Daisy. Es ist mein Beruf, denjenigen zu helfen, denen es nicht gut geht, ganz egal welchen Beruf sie ausüben oder welche Hautfarbe sie haben. Du solltest dir dessen mehr als jeder andere bewusst sein."

Sie wirkte zerknirscht. „Na gut."

Auch wenn sie sich gefügt hatte, wirkte sie nicht glücklich darüber. In diesem Fall war ihr Schmollen liebenswert. „Sei nicht eifersüchtig." Ich tippte ihr auf die

Nasenspitze. „Denk dran, dir tropft mein Samen die Schenkel hinab."

Sie schenkte mir ein zittriges Lächeln und nickte.

„Ich weiß nicht, wie lange es dauern wird. Was beabsichtigst du zu tun, während ich weg bin?"

Sie zuckte eine blasse Schulter und ich beobachtete, wie ihre Brüste mit der Bewegung schwangen. „Zuerst werde ich ein heißes Bad genießen. Dahlia kommt heute für ihren Wocheneinkauf in die Stadt. Ich werde mich mit ihr treffen."

Das schien sicher zu sein. „Muss ich dich daran erinnern, dass du vorsichtig bist und einen Hut trägst, wenn du raus gehst?"

„Nein, Ethan. Ich werde daran denken."

Ich nickte zufrieden, dass sie nicht wieder einfach in die Wildnis losziehen würde. Obwohl ich wusste, dass sie ihre Lektion gelernt hatte – sie war nicht nur mit Schlägen auf den Hintern bestraft worden, sondern eine Ehe war ebenfalls die Konsequenz gewesen – wusste ich auch, dass ich sie immer würde beschützen wollen. „Ich muss los." Ich küsste sie noch einmal und entfernte mich von ihr, bevor ihr nackter Körper mich noch dazu brachte, meine Meinung zu ändern.

8

AISY

„Was glaubst du, was er mit ihr macht?", fragte ich Dahlia. Wir hatten uns im Warenladen getroffen und waren zurück zur Praxis – meinem Haus – gelaufen und ich servierte uns beiden Tee. Ich war an die Organisation der Küche noch nicht gewöhnt, aber ich hatte die Dinge recht schnell gefunden.

„Wem? Einem kranken Saloonmädchen?" Dahlia rührte in ihrem Tee. „Es hängt davon ab, was ihr fehlt."

„Vielleicht etwas von...persönlicher Natur?", fragte ich, während ich in meinem Tee rührte, damit ich etwas zu tun hatte.

Dahlias Haare waren so dunkel wie meine, aber da endeten unsere Gemeinsamkeiten auch schon. Ich war wenige Zentimeter größer, aber sie hatte eine kurvigere Figur. Seit wir klein waren, waren es immer wir beide,

Dahlia und Daisy, gewesen wie Pech und Schwefel, was die Leute auch oft gesagt hatten. Sie war meine beste Freundin und das von Anfang an.

Als meine Familie in dem Feuer, das den Großteil Chicagos zerstört hatte, gestorben war, war ich in ein Krankenhaus gebracht worden, wo ich Dahlia kennengelernt hatte. Sie hatte ebenfalls ihre Familie verloren. Sie war dort gewesen, um Verbrennungen ihrer Seite behandeln zu lassen. Ich erinnerte mich noch flüchtig daran, dass sie mir Verbände gezeigt hatte, aber nie die Narben. In all den Jahren hatte sie ihren Körper versteckt, selbst vor mir. Nichtsdestotrotz oder vielleicht wegen meines Verständnisses hatten wir ein Band geschmiedet, das noch fester war als das zwischen echten Schwestern.

Aber vor einigen Monaten hatte sie überraschend und recht überstürzt Garrison Lee geheiratet. Sie waren allerdings offenkundig verliebt in einander. Von einem Tag auf den anderen war mir meine beste Freundin genommen worden. Obwohl sie nur ungefähr zwei Stunden entfernt von der Lenox Ranch lebte, hatte es sich angefühlt wie eine Million Meilen. Ich hatte sie sehr vermisst, hatte die Aufmerksamkeit vermisst, die mir das Zusammensein mit ihr eingebracht hatte. Während dieser Zeit war mein Interesse an Doktor James – Ethan – immer größer geworden.

Dahlias Taten, auf ihre eigene Art und Weise leicht wild, hatten meine Probleme geringfügig wirken lassen. Aber als das Rampenlicht nicht mehr auf sie gerichtet gewesen war, waren die kleinen Dinge offensichtlich geworden. Ich hatte meinen Hut vergessen. Ich hatte die Einkaufsliste auf der Theke zu Hause liegen lassen. Dann war ich Ethan gefolgt und fast erfroren. Erst als mich Ethan an meinen fehlenden

Hut erinnerte, fühlte ich mich wieder, als wäre ich ganz. Während Dahlia zwar so herrisch wie jede der Lenox Schwestern – ausgenommen Hyacinth – sein konnte, waren ihre Gegenwart und Sticheleien nichts im Vergleich mit Ethan. Er verstand mich, wie es schien, besser als ich mich selbst verstand.

„Wenn es *persönlich* ist", erwiderte Dahlia, „dann wird er sie genauso behandeln, wie er mich behandelt hat."

Mein Löffel fiel klappernd auf den Tisch. „Ethan hat dich...*dort* gesehen?"

Dahlia errötete. „Nun, ja. Da ich, nachdem wir geheiratet hatten, nie meine monatliche Blutung bekommen habe, *wussten* wir, dass ich tatsächlich schwanger bin." Sie blickte hinab auf ihren sehr üppigen Busen. „Außerdem, hast du schon mal so einen großen Busen gesehen? Garrison wollte sich vergewissern, dass alles in Ordnung ist, also hat er mich zu Doktor James gebracht." Sie lächelte bei ihrem Geständnis, dann runzelte sie die Stirn. „Du solltest mir eigentlich gratulieren."

Ich wedelte mit der Hand durch die Luft. „Du musstest schwanger sein. Wenn Garrison auch nur ein bisschen wie Ethan ist, wäre ich nicht überrascht, wenn ihr dieses Baby in eurer Hochzeitsnacht gezeugt habt."

Dahlias Mund klappte auf. „Daisy Lenox!"

„Das heißt jetzt Daisy James und lass dir gesagt sein, ich bin keine Jungfrau mehr." Ich verschränkte die Arme vor der Brust und stieß dabei gegen meine wunden Nippel. Ethan zupfte und zog wirklich fest an ihnen. Er schien ziemlich grob in seinen Zuwendungen zu sein.

„Du bist also gut befriedigt?", wollte Dahlia wissen und musterte mich jetzt vielleicht in einem neuen Licht. Wir waren wieder auf dem gleichen Stand der Dinge. Sie musste mir nicht länger die Geheimnisse des Ehelebens verschweigen.

Ich hatte einen Lappen benutzt, um mich zwischen meinen Schenkeln zu waschen, als ich vorhin gebadet hatte, aber anscheinend verfügte mein Ehemann über eine Menge Samen, da er fortwährend aus mir tropfte. Ich wunderte mich, ob das normal war, aber ich würde nicht fragen. Dahlia mochte zwar meine liebste Schwester gewesen sein, aber ich würde Ethan später fragen. In der Vergangenheit hätte ich es sofort mit Dahlia beredet, aber manche Dinge waren...nur für meinen Ehemann. „Das bin ich. Allerdings gefällt es mir nicht, dass mein Mann deinen nackten Körper gesehen hat."

Dahlia schürzte die Lippen. „Ich versichere dir, mir hat es auch nicht gerade gut gefallen, aber Garrison war mit mir im Zimmer. Außerdem war das nur wegen einem *Baby*." Ihre Stimme wurde leiser und dünn, während sie ihre Hand auf ihren flachen Bauch legte. „Ich glaube, Garrison hat sich mehr an den Händen des Mannes auf mir gestört als du. Du bist zwar keine Jungfrau mehr, aber du bist frisch verheiratet. Wenn Doktor James Garrison auch nur im Entferntesten ähnelt, dann kann er ziemlich besitzergreifend sein."

Ich bezweifelte, dass Garrison Dahlia befahl, sich auf den Küchentisch zu legen, damit er die Früchte seiner Männlichkeit aus ihrem Körper tropfen sehen konnte.

„Ich muss mich mit Garrison treffen." Dahlia erhob sich und hob ihren Mantel auf. „Er will vor der Dunkelheit nach Hause zurückkehren."

Nachdem sie gegangen war, putzte ich die Küche, während sich meine Gedanken rastlos im Kreis drehten. Lag es an der Neuheit der Ehe? Lag es daran, dass Dahlia glücklich verheiratet war und ein Baby erwartete? Lag es daran, dass Ethan mir nicht erzählt hatte, dass meine Schwester schwanger war? Lag es daran, dass mein Ehemann in diesem Augenblick seine Hände auf der Pussy irgendeiner Hure hatte?

Diese miserable Stimmung veranlasste mich dazu, Ethan bei seiner Rückkehr anzugiften. Ich hörte, wie sich die äußere Praxistür öffnete und ich ging durch den Untersuchungsraum, um ihm entgegenzukommen. „Deine Patientin, geht's ihr gut?"

Ethan stellte seine Arzttasche neben der Tür auf den Boden und legte dann seinen Mantel ab. „Jetzt geht es ihr gut."

„Hast du ihre Pussy angefasst?", wollte ich mit in die Hüften gestemmten Händen wissen.

Eine dunkle Braue hob sich und er hielt inne, um mich zu mustern, dann lief er an mir vorbei in die Küche. Ich folgte ihm, wartete, während er seine Hände am Waschbecken wusch.

„Die Frau hatte eine Fehlgeburt, was bedeutet – "

Ich hielt meine Hand hoch, um ihn zu stoppen. „Ich bin mir sehr wohl bewusst, was eine Fehlgeburt ist."

Vor meinen Augen schien er größer zu werden, seine Schultern breiter. „Ich glaube, jetzt ist eine gute Zeit für eine Anatomielektion."

Mein Herz sprang mir bei seinem Tonfall in die Kehle. Er war zwar ruhig, aber ich erkannte so langsam, dass diese tiefe Tonlage nur für mich war. Nur für die Momente, in denen ich mich völlig daneben benahm, wie ich es momentan höchstwahrscheinlich tat.

Er trat in sein Untersuchungszimmer und streckte seine Hand aus. „Setz dich bitte."

Ich sah hinab auf den stabilen Holztisch, den er nutzte, um seine Patienten zu untersuchen.

Ich lief zum Tisch, drehte mich um und versuchte, herauszufinden, wie ich auf damenhafte Weise hinaufklettern konnte. Ethan legte seine Hände um meine Taille und hob mich hoch, sodass ich am Rand saß und meine Beine herunterbaumelten.

Er zog seine Jacke aus, hängte sie über die Stuhllehne in der Ecke, dann schloss er die Tür zum Wartezimmer der Praxis. „Bitte leg dich zurück und stell deine Füße an die Kante. Ich bin mir sicher, du erinnerst dich an diese Position von letzter Nacht."

Als ich mich zurücklegte, wurde mir bei der Erinnerung, wie er seinen Mund auf mich gelegt und mich zum ersten Mal zum Höhepunkt gebracht hatte, als ich auf diese Weise positioniert gewesen war, ganz warm. „Dieser Tisch ist nicht so bequem wie dein Bett."

„*Unser* Bett", korrigierte er.

Als ich meine Füße hob und die Unterseite meines Kleides richtete, sodass es nicht verknotet war, nickte Ethan. „Das ist so, weil das hier für meine Patienten ist. Die Bequemlichkeit meines Bettes teile ich nur mit meiner Frau."

Seine Hände schoben den Saum meines Rockes nach oben und über meine Knie, sodass er sich um meine Taille bauschte. Wie auch letzte Nacht spreizte er meine Knöchel und dann trat er zwischen sie. Er schaute wieder hinab auf meine Pussy, dann hob er seinen Blick zu mir.

„Sie tragen kein Höschen. Ich bin zufrieden, Mrs. James."

Ich freute mich über seine Worte und nachdem ich mich den ganzen Tag ruhelos gefühlt hatte, schien sich meine Stimmung zu heben.

„Das hier ist Ihr Mons Pubis und diese Bereiche, hier und hier, sind Ihre Labia Majora." Seine Finger glitten über verschiedene Stellen meiner Weiblichkeit, während er sprach. Obwohl der Druck seiner Finger genauso war wie bei seinen vorherigen Berührungen, fühlte sich das hier... unpersönlich an. „Diese Lippen, die momentan von häufigem Geschlechtsverkehr geschwollen sind, sind Ihre Labia Minora. Wenn ich sie mit meinen Fingern teile, kann man die Klitoris sehen. In Ihrem Fall, Mrs. James, ragt Ihre Klitoris aus der Labia hervor und ist sichtbar, selbst wenn man steht."

„Ethan." Er blickte meinen Körper hoch zu mir. „Ich... ich dachte..."

„Ja?"

„Ich dachte, du hättest gesagt, das wäre meine Pussy."

„Da Sie meine Patientin sind, würde ich Ihren Körper nie auf solche Weise bezeichnen. Lassen Sie mich fortfahren. Hier ist Ihre Vagina." Ein stumpfer Finger glitt in mich, aber es war, als wäre Ethan eine andere Person; ein Arzt anstatt mein Ehemann. „Wie Sie nach Ihrem Geschlechtsverkehr gestern Abend wissen, ejakuliert der Penis eines Mannes in – "

„Genug!" Ich stemmte mich auf meine Ellbogen. Es war eine gut erteilte Lektion und ich verstand, dass er seine Rolle als Arzt von der als Mann trennte. Um genauer zu sein als mein Ehemann. „Ich will Ethan, nicht Doktor James."

Seine Braue hob sich. „Sind Sie sich sicher, Mrs. James? Die Frau, um die ich mich im Saloon gekümmert habe, wollte Doktor James."

Ich lächelte ihn an, erleichtert, dass er meine Sorgen auf eine Weise gelindert hatte, die mich zuversichtlich stimmte, dass er sich nicht nach der Pussy eines Saloonmädchens oder irgendeiner anderen Frau in der Stadt verzehrte. „Ich bin mir sicher. Meine Pussy wird für meinen Ehemann zur Schau gestellt."

Er grinste und begann seine Ärmel hochzurollen. „Nicht ganz."

Ich betrachtete seine Unterarme ausgiebig, da sie normalerweise nicht auf solch freizügige Weise entblößt waren – die nur für seine Frau angemessen war, ganz bestimmt *nicht* für eine Patientin. Sie waren mit Muskeln bepackt. Seine Hände hatten mich ursprünglich an ihm gereizt und jetzt wusste ich, wie sie sich anfühlten…was sie tun konnten.

„Ich werde deine Pussy rasieren, damit ich alles sehen kann. Diese Locken", er zupfte sanft an den Haaren zwischen meinen Beinen, „sind mir im Weg. Deine Haut wird besonders empfindlich sein und ich weiß, wie sehr es dir gefällt, wenn ich meinen Mund auf dich lege. Ist es nicht so?"

„Ja", flüsterte ich.

Er blickte nach unten, dann strich er mit einem Finger über meine Falten. „Das ist es, was ich so gerne sehe. Schau, wie feucht deine Pussy bei der Vorstellung wird, für mich entblößt zu werden. Oder waren es Gedanken daran, auf meiner Zunge zu kommen?"

„Beides", antwortete ich.

„Gutes Mädchen. Es erregt dich, wenn du mich zufriedenstellst." Er legte seinen Kopf schief. „Fühlst du dich besser?"

Ich biss auf meine Lippe und nickte. Ich fühlte mich… wiederhergestellt. Ich erkannte, dass ich einen zänkischen Wesenszug an mir hatte, der seine Aufmerksamkeit benötigte, seine führende Hand, genau wie er es gesagt hatte. Wenn Ethan sich mit mir an einen Tisch gesetzt und mir erklärt hätte, dass die Frau im Saloon nur eine Patientin war und nichts bedeutete, hätte ich es nicht verstanden. Er hatte mich dazu gezwungen, verletzlich zu sein, mich vor ihm auf solche Weise zu entblößen, damit ich verstand, dass seine Rolle als Arzt eine ganz andere war als die als Ehemann.

Mir ließ er besondere Sorge angedeihen. Besondere Aufmerksamkeit. Vielleicht auf Ethans eigene spezielle Weise sogar Zuneigung. Er verhätschelte mich nicht, aber das wollte ich auch nicht. Ich brauchte mehr und wie es schien, konnte nur Ethan mir das geben. Die Nähe, die ich mit Dahlia hatte, war nicht mehr genug. Wohingegen sie Trost und Behaglichkeit und Vergnügen in Garrisons Armen fand, wurden meine Bedürfnisse auf meine eigene besondere Weise von Ethan befriedigt.

Er hielt einen Rasierbecher hoch. „Lass mich etwas Wasser holen, damit ich diese Aufgabe beenden kann."

Als er zurückgekehrt war, hielt ich still, während er langsam den Rasierer über meine intimsten Hautpartien zog. Es dauerte nicht schrecklich lange, aber mit jedem vorsichtigen Gleiten des Rasierers fühlte ich mich, als würde ich ihm immer mehr von mir geben. Mehr und mehr von meinem Körper – von mir – wurde für ihn entblößt.

Nachdem er mich mit einem sauberen Lappen zwischen den Beinen abgewischt hatte, stemmte ich mich auf die Ellbogen und sah auf ihn hinab. Die kurzen, dunklen Locken waren verschwunden.

Er wischte seine Hände an dem Lappen ab und deutete mit dem Kinn auf mich. „Fühl."

Während er die Werkzeuge in einen Schrank aufräumte, fuhr ich mit meinen Fingern über meine frisch rasierte Haut. Sie war weich und glatt und kribbelte, war der Luft ausgesetzt.

Er schloss die Schranktüren und kehrte zu mir zurück.

„Du hast mich über alle Maße zufriedengestellt, Liebes. Du bist so unglaublich empfindlich, so leicht erregbar." Als er sich zwischen meine gespreizten Beine stellte, hielt er ein kleines hölzernes Objekt hoch.

„Ist das ein Sockenstopfer?", fragte ich.

Er betrachtete das Objekt, dann mich. „Das ist eine interessante Möglichkeit, aber nein. Das ist ein Plug, ein Trainingsobjekt für deinen Hintern."

Ich runzelte verwirrt die Stirn.

Ethans freie Hand glitt über meine Falten und begann mich meisterhaft mit seiner Berührung zu erregen. Während sein Daumen in kleinen Kreisen fest auf meinen Kitzler drückte, schob er zwei Finger in mich. „Deine Pussy scheint immer sehr begierig zu sein. Es ist weniger als einen Tag her, aber ich glaube, du wirst unersättlich sein."

Ich hätte darüber mit ihm gestritten, aber Ethan hatte sehr geschickte Hände.

„Das ist nur eines deiner fantastischen Löcher, die ich nutzen werde. Es ist an der Zeit, deinen Hintern zu füllen."

Seine Worte hatten für mich keine Bedeutung, da ich nur daran dachte, zum Höhepunkt zu kommen. Erst als seine Finger aus meiner Pussy glitten und tiefer wanderten, flogen meine Augen auf.

„Ethan!"

„Schh", summte er. „Schließ deine Augen. Sei ein braves Mädchen."

Seine Fingerspitzen waren glitschig von meiner Erregung und sie beschrieben Kreise über dieser verbotenen Stelle – für meinen Ehemann war sie offenbar nicht verboten. Langsam und sehr zärtlich berührte er mich, bewegte sich im Kreis herum und herum und ich entspannte mich. Ich hatte nie erwartet, dass er mich *dort* anfassen würde, und ich hatte keine Ahnung gehabt, dass es sich...gut anfühlen würde.

„Ich bin mir sicher, dass du trotz all des Lesens nie gewusst hast, dass eine Frau in ihren Hintern gefickt werden kann. Ohne deine Bücher als Ratgeber wirst du es auf die altherkömmliche Weise lernen müssen. Indem du es tust."

Seine Stimme war sanft und ruhig. Als sein Daumen wieder begann, auf meinen Kitzler zu drücken, presste ich meine Fersen gegen den Tisch und bog meinen Rücken durch. „Ethan!", schrie ich wieder, dieses Mal nicht aus Überraschung, sondern vor Vergnügen. Denn als ich meine Hüften nach oben bewegte, drang sein Finger in meinen Hintereingang und ich kam.

„Meine Güte, Liebes."

Ich hörte kaum die Rauheit in Ethans Stimme, denn ich schrie auf, während ich seine Fingerspitze drückte. Ich hatte keine Ahnung, dass man dort so viele Empfindungen verspüren konnte, dass es geheime Stellen in mir gab, die sich entzündeten und so heiß und hell brannten, dass ich für einige Zeit geblendet war.

Ich war verschwitzt und atmete schwer und war völlig knochenlos, als Ethan seinen Finger aus mir zog.

„Das war das Erotischste, was ich jemals gesehen habe", verkündete er. Ich öffnete meine Augen nicht, sondern genoss einfach nur dieses köstliche Gefühl, das sogar meine Ohrenspitzen zum Kribbeln brachte. „Ich wusste, dass es dir gefallen würde, aber eine solche Reaktion ohne Überredung hatte ich nicht erwartet."

Ich grinste. „Nein, ich glaube nicht, dass ich irgendeine Form der Überredung brauche."

„Schau mich an, Liebes."

Ich hob meine schweren Lider und schaute zu meinem äußerst gutaussehenden Mann. „Ich werde jetzt diesen Plug

Brandzeichen & Bänder

einführen." Er hielt das hölzerne Objekt wieder hoch und fing dann an, es mit einer klaren, glitschigen Substanz zu bedecken. „Anders als deine Pussy, braucht dein Hintern eine Menge Gleitmittel. Der Plug ist jetzt schön glitschig. Schh, entspann dich. Ja, das ist es."

Ich spürte das harte Objekt an meinem Eingang, aber ich hatte keine Angst. Wenn er die gleichen Gefühle hervorrufen würde, die allein sein Finger erzeugt hatte, dann hatte ich nichts dagegen. Als er begann, ihn langsam in mich zu drücken, musste ich durch meinen Mund atmen, um entspannt zu bleiben, wie er es sich wünschte. „Er ist so groß."

Weiter und weiter dehnte ich mich.

„Das ist der Kleinste." Er blickte von seinen Bemühungen zu mir hoch. „Ich werde dich hier ficken, Daisy. Bald. Wenn du anständig gedehnt und vorbereitet worden bist."

Das Objekt war viel kleiner als Ethans Schwanz und ich hatte keine Ahnung, wie er passen würde. Wenn ich mich von dem kleinsten Plug schon offen und gedehnt fühlte, dann konnte ich mir nur ausmalen, wie es wohl wäre, wenn er mich mit seinem Schwanz füllte.

Er fuhr fort, den Plug im Kreis zu bewegen und nach innen zu drücken, bis ich dachte, ich könnte nicht mehr aufnehmen, aber plötzlich rutschte er nach innen und wurde schmaler. Ich zog mich darum herum zusammen und er saß in mir. Ethan zog leicht daran und ich zischte bei dem köstlichen Vergnügen auf.

„Hab keine Angst, er wird nicht weiter reinrutschen und das", er tippte an das Ende, was mich aufkeuchen ließ, „wird mir erlauben, ihn wieder rauszuziehen."

Ich fühlte mich offen und voll und gedehnt und befriedigt und noch so viele andere Empfindungen, dass ich sie nicht alle benennen konnte. Er legte eine Hand neben meinen Kopf und beugte sich über mich, sodass er direkt über mir schwebte. Ich sah Begehren und Freude in seinen Augen. „Du hast all meine Erwartungen übertroffen. Ich bin mehr als zufrieden mit dir und du bist genauso besitzergreifend wie ich."

„Du bist der Meine, oder nicht?", fragte ich.

„In der Tat." Er senkte seinen Kopf und küsste mich, seine Zunge glitt in meinen Mund. Der Kuss war sinnlich und dekadent und erfüllt von seinem angestauten Verlangen. Ich war gekommen, aber er nicht.

„Ethan", hauchte ich an seinen Lippen.

Er fing an, von meinem Kiefer zu meinem Ohr zu küssen.

„Willst du nicht kommen?", fragte ich. Er war immer in Kontrolle und kümmerte sich um jeden. Wenn er sich nach seinem Höhepunkt nur halb so gut fühlte wie ich, dann wäre es gut für ihn. Er wollte mich zwar immer befriedigen, aber ich wollte das Gleiche für ihn tun. *Das* war etwas, das nur ich ihm geben konnte.

„Ich habe vor, meine Frau ins Bett zu bringen und sie die ganze Nacht lang zu ficken", murmelte er an meinem Hals. „Ich habe noch nie zuvor jemanden auf meinem Untersuchungstisch gefickt."

Ich legte meine Hände auf seine Wangen und zwang ihn dazu, mich anzuschauen. Seine Augen waren so dunkel, dass ich mich mühelos in ihnen verlieren konnte. „Du hast auf diesem Tisch zuvor schon mal die Pussy einer Frau rasiert und sie zum Höhepunkt gebracht, indem du ihr einen Plug in den Hintern eingeführt hast?"

Ich war ein wenig besorgt, wie die Antwort ausfallen würde. Als er seinen Mund öffnete, um zu antworten, legte ich meine Finger auf seine Lippen. „Ich bin ebenfalls besitzergreifend. Ich schwöre, wenn du so etwas getan hast, dann werde ich *deinen* Hintern versohlen."

Er grinste, nahm meine Fingerspitzen in seine Hand und küsste sie. Sein Gesicht nahm einen Ausdruck solch dunklen Begehrens an, dass es mir den Atem raubte. „Ich versichere dir, Liebes, dass du es mehr genießen würdest, wenn ich das mit dir mache."

„Ich...ich muss es wissen. Gibt es andere?" Ich fühlte mich in diesem Augenblick verletzlich, mein Herz hämmerte wild in meiner Brust.

„Du bist die einzige Frau, die solche Zuwendungen von mir erhalten hat. Diese...Leere, die du empfunden hast? Ich habe sie auch verspürt und du hast meine genauso gefüllt, wie ich hoffe, dass ich deine gefüllt habe. Die Vergangenheit war schwer, aber mit dir sieht die Zukunft wunderbar hell aus."

Ich konnte nicht verhindern, dass mich bei seinen Worten Erleichterung durchströmte. Die meisten Frauen mussten ihren Ehemann nicht mit der ganzen Stadt teilen, daher war ich froh, dass wenigstens unsere intimsten Akte nur zwischen uns waren. Es war etwas, das ich nur mit ihm teilte.

Er richtete sich zu seiner vollen Größe auf, hob mich hoch, als wäre ich ein Getreidesack, und warf mich über seine Schulter.

„Ethan!" Ich schlug auf seinen Hintern und er schlug mir im Gegenzug auf meinen.

„Du musst dir diesbezüglich keine Sorgen machen, denn ich versichere dir, es wird meine ganze Zeit in Anspruch nehmen, mich um deine unersättliche Pussy zu kümmern." Er tätschelte den Plug in meinem Po. „Und Hintern."

Er trug mich durch die Küche, als wir ein Klopfen an der Praxistür hörten.

Ich hörte einen unterdrückten Fluch und Ethan stellte mich auf den Boden.

„Die Pflicht ruft", sagte er und verlagerte seinen Penis in seiner Hose. „Lass den Plug drin, bis ich fertig bin. Ich will dich ficken, während er in dir ist."

9

AISY

Auch wenn ich den Beruf meines Ehemannes zu schätzen wusste und was er für andere tat, so begann ich doch zu begreifen, dass seine Zeit nicht ihm gehörte. Krankheiten oder Unfälle ereigneten sich nicht dann, wenn es passend war und Ethan würde sein Privatleben immer hinter seinen Beruf stellen müssen. Das bedeutete, dass ich meine Zeit mit meinem Ehemann hinter die Stadt stellen musste. Als ich meine Hände im Waschbecken wusch, schwappte eine Welle Egoismus über mich und ich wünschte mir, dass, wer auch immer an der Tür war, eine Stunde gewartet hätte, bis Ethan seine Bedürfnisse befriedigt hatte. Er hatte mich zum Höhepunkt gebracht, aber ich ging davon aus, dass er mehr als ein bisschen erregt war und sich deswegen möglicherweise unwohl fühlte.

Ich fühlte mich ebenfalls eine Spur unwohl. Ich verlagerte das Gewicht von einem Fuß auf den anderen, um herauszufinden, ob Bewegung dabei helfen würde, den Plug in meinem Allerwertesten besser ertragen zu können. Ich hatte ihn gesehen, er war nicht übermäßig groß. Er fühlte sich jedoch riesig an. In jedem Moment war ich mir seiner bewusst. Es tat nicht weh, aber ich wusste auf jeden Fall, dass er da war. Vielleicht sorgte Ethans Schwanz, der wahrscheinlich noch immer hart vor Verlangen war, dafür, dass er weiterhin an mich dachte, genauso wie mich der Plug dazu brachte, ständig an ihn zu denken. Er weckte die Erinnerung daran, wie er mich zum Höhepunkt gebracht hatte und an sein Versprechen, mich mit dem Plug in mir zu ficken.

Weinen aus der Praxis riss mich aus meinen Gedanken. Es war das eines Kindes, eines Kindes, das Schmerzen und Angst hatte. Da ich sieben Schwestern hatte, kannte ich dieses Geräusch nur allzu gut. Ich suchte Lebensmittel zusammen, um das Abendessen zu kochen und begann, die Zutaten für einen Brötchenteig zu vermischen, aber das Weinen ließ nicht nach und es war unmöglich, mich nicht davon ablenken zu lassen.

Ein schriller Schrei durchschnitt die Luft. Ich kannte diesen Laut. Ich ging zur Tür des Untersuchungszimmers und klopfte. Ich wusste nicht, ob Ethan sich über meine Störung freuen würde oder nicht, aber Colin Burrows würde sich nicht so ohne Weiteres für ihn beruhigen.

Ethan öffnete die Tür und ich erkannte seinen neutralen Gesichtsausdruck. Das Weinen wurde lauter und ich spähte um die Seite meines Mannes, um das Kind zu sehen, das auf dem Schoß seiner Mutter saß und sein Handgelenk umklammerte.

„Ich nehme an, du hast Colin vorher noch nicht kennengelernt", flüsterte ich.

Ethan schüttelte seinen Kopf.

Ich biss auf meine Lippe. Ich wusste, wie fokussiert und präzise Ethan seine Patienten behandelte. „Ich kann ihn vielleicht beruhigen, damit du ihn untersuchen kannst."

Seine dunkle Augenbraue wölbte sich, aber er trat zurück, um mich in das Zimmer zu lassen.

„Mrs. Burrows, kennen Sie meine Frau?"

„Ja, Hallo Daisy."

Mrs. Burrows hatte vier Kinder und in diesem Augenblick wirkte sie, als wären es vier zu viel. Sie war tadellos gekleidet, aber ihr Gesicht war bleich und sie hatte dunkle Ringe unter den Augen. Colin war an seinen besten Tagen anstrengend, aber wenn er Schmerzen hatte, war ich mir sicher, dass er der Frau mehr als den letzten Nerv raubte.

„Hallo Colin. Erinnerst du dich an mich?"

Colin war sechs Jahre alt. Während die meisten Kinder seines Alters sprachen, musste er immer noch sein erstes Wort sagen. Er war nicht merkwürdig, nur anders. Ich hatte ihn oft genug gesehen, um zu wissen, dass er nicht gerne berührt wurde und nicht auf Fragen antwortete, die an ihn gerichtet waren. Das machte es seiner Mutter schwer und unmöglich für Ethan.

Er hielt seinen Arm sicher an seine Brust gedrückt.

Auch wenn der Junge nicht antwortete, so sah er mich doch an und sein Weinen wurde weniger.

„Erinnerst du dich an das Kirchenpicknick letzten Sommer, als all die Jungen und Mädchen in der alten Pappel geklettert sind? Das ist ein großer Baum. Ich wollte das auch tun."

Ich legte meine Unterarme auf den Untersuchungstisch, um Colin genügend Freiraum zu geben.

Er hörte nun ganz zu weinen auf, während er zuhörte.

„Als ich in deinem Alter war, bin ich die ganze Zeit auf

Bäume geklettert. Wenn du mir nicht glaubst, frag deine Mutter. Sie hat mich ein oder zwei Mal in den Bäumen gesehen."

Er neigte seinen Kopf nach oben und Mrs. Burrows nickte.

„Bist du mit den anderen Kindern beim Picknick auf den Baum geklettert?"

Er nickte.

„Ich dachte doch, dass du das warst, der auf dem höchsten Ast saß."

Sein Rücken drückte sich durch, als wäre er stolz auf seine Leistung.

„Ich wollte wie du sein, ganz weit oben, aber unglücklicherweise hat sich mein Rock verfangen. Ich fiel aus dem Baum. Ich habe mein Handgelenk verletzt und habe es von Doktor Monroe untersuchen lassen. Ich hatte keine Angst vor dem Doktor, weil ich wusste, dass er mir helfen würde. Und du wirst nicht glauben, was er mir gegeben hat, als er fertig war."

Seine Augen weiteten sich neugierig.

„Ein Pfefferminzbonbon."

Colin wischte mit seiner freien Hand die Tränen von seinen Wangen.

„Es war auch nicht irgendein Bonbon. Ich durfte zum Warenladen gehen und mir eines aussuchen."

Ich richtete mich wieder auf und schlang meine Hand um Ethans Arm. „Doktor James ist zwar neu in der Gegend, aber ich finde, er ist ziemlich nett. Meinst du, du kannst ihn deinen Arm anschauen lassen? Er wird ihn anfassen müssen, aber nur als Arzt und das zählt eigentlich gar nicht richtig."

Er wirkte unsicher.

„Ich brauche auch ein Pfefferminzbonbon", fuhr ich fort,

„aber du wirst mit mir gehen müssen, um das beste Bonbon auszusuchen. Abgesehen von deinem. Könntest du mir damit helfen?"

Er nickte.

„Das ist gut. Doktor James, ich möchte dir Colin vorstellen, den besten Kletterer im ganzen Territorium."

―――――

ETHAN

Zwei Stunden. Ich musste zwei Stunden damit verbringen, an Daisy und den Plug in ihrem Hintern zu denken, während ich Colin Burrows untersuchte und anschließend mit ihm zum Warenladen ging, um Bonbons zu kaufen. Die Fähigkeit meiner Frau, Colin zu beruhigen und ihn dazu zu überreden, sich von mir behandeln zu lassen, war unglaublich und ich würde sie dafür loben. Später.

Während sie auf ihren Knien war, nackt und das Bettgestell umklammernd, gab es wichtigere Dinge, um die ich mich kümmern musste. Ich streichelte mit meiner Hand die lange Linie ihres Rückgrats hinab und zu ihrem runden Arsch. Ihre Pobacken wurden von dem dunklen Griff des Plugs geteilt und darunter befand sich ihre Pussy, reif und tropfend. Da ich wusste, wie leidenschaftlich sie war, war ich mir sicher, dass sie die ganze Zeit feucht gewesen war.

„Das ist der perfekte Anblick", murmelte ich.

Über ihre Schulter schauend, schenkte sie mir ein sanftes Lächeln und beobachtete mich mit leidenschaftlichen Augen.

„Er könnte nur noch besser werden, wenn mein Samen aus dir tropft."

Ich streifte mein Hemd ab und öffnete meinen Hosenschlitz. Ich streichelte mit einer Hand meinen Schwanz, während die Finger meiner anderen über ihre geschwollenen Falten glitten und dann tief in sie tauchten. Sie drückte sie, während sie stöhnte.

„Du bist so begierig."

„Ethan, bitte", flehte sie.

Ich wartete nicht länger, da wir beide lang genug gequält worden waren. Indem ich meine Position veränderte, glitt ich hinter sie und nutzte mein Knie, um ihre weiter auseinander zu schieben. Ich beugte mich nach vorne und legte eine Hand auf ihre am Bettgestellt, wodurch sich mein Oberkörper auf ihren Rücken presste.

Ich führte meinen Schwanz an ihren Eingang, dann glitt ich langsam in sie. Ich zischte laut auf, weil sie so unglaublich eng war.

„Liebes, dieser Plug in deinem Hintern macht dich so eng. Fühlt es sich an, als würdest du in beide Löcher gefickt werden?" Ich leckte ihr Ohr, knabberte an ihrem Hals, während ich mich mehr und mehr, Zentimeter für wunderbar engen Zentimeter, in sie schob.

Sie nickte, ihre Haare strichen über mein Gesicht.

Ich beließ eine Hand auf ihrer, griff um sie herum und umfasste ihre Brust. Mit meinem Daumen und Zeigefinger zupfte ich an der festen Spitze. Für einen Augenblick zog sie sich um meinen Schwanz herum zusammen, aber dann entspannte sie sich und wurde weich für mich, erlaubte mir, vollständig in sie zu gleiten.

Meine Atmung kam stoßweise. Ich war noch nie zuvor in einer so engen Pussy gewesen und ich hatte mich kaum noch unter Kontrolle. Ich leckte über ihre Haut, die schweißnass und salzig an meiner Zunge war.

„Alles in Ordnung, Liebes?"

Sie nickte, ihre Knöchel traten an dem Eisengestell weiß hervor.

Ich begann mich zu bewegen, sie voller Elan zu ficken. Ich ging nicht sanft vor, nicht nur weil ich glaubte, dass sie es nicht brauchte, sondern auch weil ich mich nicht mehr zurückhalten konnte.

„Versohl mir den Hintern", flüsterte sie.

Ich erstarrte bei ihren Worten. Ich hörte ihr Keuchen, höchstwahrscheinlich war ihr gerade bewusstgeworden, was sie gesagt hatte und nun befürchtete sie, mir würde ihre Forschheit nicht gefallen. Doch sie gefiel mir absolut. Zur Hölle, bei ihren Worten schwoll ich tief in ihr an. Mein Orgasmus baute sich am Ende meiner Wirbelsäule auf und meine Hoden zogen sich fest an meinem Körper zusammen.

„Du brauchst es, Liebes?"

Sie nickte wild mit dem Kopf.

Ich gab ihre Brust frei, verpasste ihr einen harten Schlag und beobachtete, wie mein Handabdruck feurig rot auf ihrem Hintern erschien.

Sie schrie auf, als ich mich zurückzog, dann tief in sie stieß und ihr einen weiteren Schlag versetzte. Ich nahm ein gleichmäßiges Tempo auf, fickte sie und versohlte ihr den Hintern, während sie sich zurück gegen mich drückte, wodurch ihr Arsch gegen meine Hüften klatschte.

Unser Ficken war laut. Das feuchte Geräusch meines Schwanzes, der in sie stieß und wieder herausgezogen wurde, wurde von meinem lauten Atem und ihren Schreien gedämpft. Jeder Schlag hallte laut durch das Schlafzimmer. Alles an dieser Verpaarung war wild und rau und animalisch und dunkel und so unglaublich heiß, dass ich mich nicht zurückhalten konnte. Ich nahm sie, wie es mir mein Körper befahl, ohne auf meine Erlösung zu achten. Anstatt ihre Hüfte zu packen, griff ich um sie herum und tastete nach ihrem Kitzler, einem harten Knubbel, der geschwollen war und aus seiner schützenden Haube hervorragte.

Sie schrie meinen Namen, während ich sie um meinen Schwanz kontrahieren spürte, da ihr Höhepunkt sie überrollte. Diese zusätzliche Stimulation brachte auch mich zum Höhepunkt. Mein Schwanz zuckte und pulsierte und schoss meinen Samen tief in sie. Ich bezweifelte nicht, dass dieser Samen Wurzeln in ihrem Bauch schlagen würde und das Wissen um diese Tatsache, dass ich sie höchstwahrscheinlich geschwängert hatte, sorgte dafür, dass mein Orgasmus andauerte.

Ich war noch nie zuvor so gekommen. Ich konnte keine Luft mehr holen, konnte kaum noch sehen. Aber ich musste nicht an mein Wohl denken, sondern an Daisys, da ich sie auf äußerst primitive Weise genommen hatte. Ich zog mich aus ihr heraus und beobachtete, wie mein Samen aus ihr tropfte, während der Plug sich noch in ihrem Hintern befand.

Ich nahm mir einen Moment, um diesen Anblick zu bewundern, dann entfernte ich den Plug behutsam. Nachdem ich sie in an meine Seite gezogen hatte, schlüpfte ich mit ihr unter die Decken. Als ich ihr die Haare aus der Stirn wischte, bemerkte ich, dass Daisy tief und fest schlief.

Ich hatte erwartet, dass sie eine Art Übergang zu den ungewöhnlicheren Forderungen, die ich an sie hatte, wenn es um ihren Körper und Sex ging, brauchen würde. Aber sie fand sie nicht nur erregend, sondern sie waren sogar etwas, das sie *brauchte*. Ich hatte nie im Leben erwartet, dass sie ihre dunkelsten sexuellen Wünsche aussprechen würde, aber sie hatte es getan. Sie hatte gewollt, dass ich ihr den Hintern versohle. In ihrem hemmungslosesten Moment hatte sie mir genau gesagt, was sie brauchte und ich hatte es ihr gegeben. Es war meine Aufgabe, mein Privileg, derjenige zu sein, der das tat.

Während sie schlief, dachte ich über die anderen Seiten meiner neuen Frau nach. Daisy trat anderen Menschen mit einer aufrichtigen Haltung gegenüber. Vielleicht war das der Grund, warum ich uns für so kompatibel erachtete. Ich seufzte, während ich sie beim Schlafen beobachtete. Kompatibel. Benutzten andere Ehemänner dieses Wort, um ihre Frau zu beschreiben? Ich bezweifelte, dass Garrison Lee Dahlia für kompatibel hielt. Vielleicht im Bett, aber ich bezweifelte, dass es für irgendeinen anderen Lebensbereich galt.

Es war nicht Daisys Schuld, dass ich sie auf diese weniger als romantische Art betrachtete. Seit ich ziemlich jung gewesen war, war ich für jegliche Art von Verbindungen abgestumpft gewesen und nichts, was ich gesehen oder getan hatte, hatte das verändert. Bis jetzt. Daisy war keine Patientin, die ich distanziert behandelte. Sie würde nirgendwo hingehen. Ausnahmsweise wollte ich, dass sie blieb. Ich wollte sie bei mir haben, nicht nur weil ich unersättlich nach ihr war, nicht weil sie mehr oder weniger darum gebettelt hatte, dass ich ihr den Hintern versohle. Nicht, weil schon bald mein Schwanz anstatt des Plugs tief in ihrem Arsch sein würde. Ich wollte ihren scharfen und schnellen Verstand, ihr freundliches Wesen und ihren feurigen Beschützerinstinkt. Ich wollte einfach sie.

Sie weckte auch jeden meiner Beschützerinstinkte. Ihre Sicherheit war für mich von allergrößter Wichtigkeit. Ich machte mir keine Sorgen, dass Soldaten sie ermorden würde, weil sie eine Rebellin war, aber ich wusste, wie vergänglich das Leben war. Mein Bruder und Vater waren Opfer des Krieges geworden. Meine Schwester und Mutter waren Opfer des Bösen geworden. Viele Patienten wurden Opfer ihres eigenen Körpers; Krankheiten und Krebs waren stärker als sie. In keinem dieser Fälle oder bei meiner Familie hatte ich etwas dagegen unternehmen können, aber bei Daisy würde ich sicherstellen, dass sie glücklich und gesund und ganz blieb. Wenn ich ihr den Hintern versohlen musste, um das zu erreichen, würde ich das tun – und sie würde es zweifellos genießen.

Glücklicherweise schien es sie nicht zu stören. Vielleicht war kompatibel das richtige Wort, da wir, wenn es ums Ficken ging, eindeutig die gleichen Gedanken und Wünsche hegten. Für manche war es sicherlich nur ein Geschlechtsakt, der unter den Decken und ohne Licht stattfand. Für Daisy und mich ging es nicht einmal nur ums Ficken. Es ging um den Aspekt der Kontrolle oder, in ihrem Fall, der Unterwerfung. Wir wurden von den Rollen in unserer Ehe erregt und ich würde es nicht anders wollen, mit niemand anderem.

Jetzt war ich derjenige, der besessen war. Anstatt zu schlafen, lag ich im Bett und beobachtete sie. Als ich die Decke zurückzog, sah ich, dass sie nach wie vor die Zeichen unserer Vereinigung trug: ein rotes Mal, das ich mit meinem Mund auf ihrer Schulter hinterlassen hatte, ihre Haare waren wild zerzaust anstatt zu einem ordentlichen Knoten frisiert. Unter der Decke waren ihre Nippel wieder weiche, plumpe Spitzen und noch weiter unten würde ich zweifelsohne meinen Samen spüren, wenn ich ihre Pussy berührte. Mein Schwanz sehnte sich danach, sie wieder zu nehmen, aber ich ließ sie ruhen.

Ich war, allermindestens,...hingerissen.

10

AISY

Kurz nach Erscheinen der ersten Sonnenstrahlen war Ethan hinaus zur Baker Ranch geritten, um sich um die drei Jungs zu kümmern, die höchstwahrscheinlich Mumps hatten. Ich war mit einem wunden Po und leicht beschämt zurückgeblieben. Hatte ich Ethan wirklich gebeten, mir den Hintern zu versohlen, während er mich gefickt hatte? Ich war völlig neben der Spur gewesen, so ganz und gar in meinem Vergnügen verloren, dass ich ihn genau um das gebeten hatte, was ich wollte. Der Schmerzensstich, den seine Hand erzeugt hatte, war genug gewesen, um mich über die Klippe zu stoßen und ich war härter gekommen als jemals zuvor.

Kurz nachdem ich die Worte ausgesprochen hatte, war ich in Panik geraten und hatte mir Sorgen gemacht, dass er mich auslachen oder wegen meiner Unsittlichkeit rügen würde. Stattdessen hatte ich doch tatsächlich gespürt, wie sein Schwanz tief in mir angeschwollen war und er hatte es getan. Hart und oft, bis ich gekommen war. Ich war direkt, nachdem er mich an sich gezogen hatte, eingeschlafen und erst mit der Sonne wieder aufgewacht. Zu diesem Zeitpunkt war Ethan bereits gegangen.

Ich wusch gerade das Geschirr meines Mittagessens, als es an der Praxistür klopfte. Während ich meine Hände an einem Geschirrtuch abtrocknete, öffnete ich sie.

Ein Soldat in einer dunkelblauen Uniform nahm seinen Hut ab. „Ma'am. Ich bin hier, um Doktor James zu sehen."

„Er macht gerade einen Hausbesuch, aber würden Sie gerne aus der Kälte und hereinkommen?"

Der Mann nickte und trat in das Zimmer. Er schien ein Jahrzehnt älter zu sein als ich, hatte strohblonde Haare und einen gestutzten Bart. Ich war mit den Rängen innerhalb der Armee nicht vertraut, aber er eine Anzahl Goldstreifen zierte seine Schulterkappen, was auf einen Mann mit Erfahrung hinwies.

„Wissen Sie, wann er zurückkehren wird?"

„Es tut mir leid, Offizier – "

„Hauptmann, Ma'am. Hauptmann Archer."

„Hauptmann, er ist zu einer Ranch einige Meilen südlich von hier gegangen. Ich schätze, er wird den Großteil des Tages weg sein."

Er blickte finster drein und sah sich um, als wäre er tief in Gedanken versunken. Seine Haltung war angespannt. Auch wenn er ziemlich ruhig war, schienen seine Nerven aufs Äußerste gespannt zu sein.

„Vielleicht kann ich Ihnen helfen?", fragte ich.

Er schüttelte den Kopf, eindeutig enttäuscht. „Eine Gruppe von uns war auf dem Weg nach Fort Dixon und wurden aus dem Hinterhalt überfallen. Ein Mann ist tot, drei andere sind verwundet. Wir brauchen die Hilfe des Doktors."

Ich legte meine Hand auf mein Herz, während ich mir die Bürde vorstellte, die auf seinen Schultern lastete, weil er ohne medizinische Hilfe zurückkehren würde. Die Entfernung zum Fort betrug an die zwanzig Meilen, was zu weit war, um von dort Hilfe zu holen. Gab es überhaupt einen Arzt innerhalb der Kasernenwände? War Ethan der einzige Arzt in der Nähe?

„Besteht noch immer Gefahr?" Als er sich mit dem Handrücken über den Mund wischte, fügte ich hinzu: „Sie müssen durstig sein." Ich ging in die Küche und kehrte mit einem Glas Wasser zurück.

„Vielen Dank." Er trank einen großen Schluck und suchte nach einem Platz, wo er es abstellen konnte. Ich streckte meine Hände aus und er gab es mir zurück.

„Die Gefahr ist vorüber. Wir glauben, dass es sich um eine Gruppe Männer gehandelt hat, die Ärger mit den Indianern lostreten möchten, da sie sich wie Indianer gekleidet haben, aber weiß waren."

Ich blickte bei der Vorstellung einer solchen Tat finster drein. Einen Krieg mit den Indianern anzuzetteln – der Gruppe, von der ich wusste, dass sie friedfertig war – könnte zu großem Blutvergießen führen.

„Ich kenne Roter Bär." Als sich die Augenbrauen des Hauptmanns hoben, fuhr ich fort: „Er betreibt Handel mit dem Warenladen. Er und seine Gemeinde würden keinen Ärger verursachen. Ich bin mir sicher, sie sind viel eher wachsam."

Er spielte an seinem Hut. „Ich kann nicht länger warten. Bitte teilen Sie Doktor James mit, dass wir uns drei Meilen östlich der Stadt befinden. Hoffentlich kehrt er bald zurück und kann uns helfen."

Er setzte seinen Hut auf und öffnete die Tür. Der Schnee draußen war hell und er war nur noch eine Silhouette im Eingang.

„Hauptmann Archer", rief ich.

Er drehte sich, um über seine Schulter zu mir zu schauen. „Auch wenn ich offensichtlich nicht Doktor James bin, kann ich einige Hilfsmittel zusammensammeln und meine Hilfe anbieten. Ich bin sehr bewandert im Helfen. Garrison Lee, mein Schwager, nun, seine Ranch liegt in der gleichen Richtung. Wenn wir dort kurz Halt machen, kann er vielleicht auch helfen. Ich weiß, dass er sehr erfahren darin ist, Notfälle zu behandeln."

Er musterte mich aufmerksam und schwieg für einen Augenblick. „Wir brauchen wirklich Hilfe und sind verzweifelt." Er nickte. „Na schön. Bitte, holen Sie jegliche medizinischen Hilfsmittel, die Sie auftreiben können, und ich werde draußen warten. Bitte beeilen Sie sich."

Freude darüber, anderen helfen zu können, durchfuhr mich. Ich mochte meine Fähigkeiten übertrieben haben, da ich nicht "sehr bewandert" war, aber ich war besser als gar keine medizinische Hilfe. Ich durchwühlte die Schränke im Untersuchungszimmer, trug eine Auswahl verschiedener Dinge zusammen – Verbände, Schlingen, Nadel und Faden, Äther, lange Holzplatten für möglicherweise gebrochene Knochen – und nachdem ich meine Kleidertasche unter dem Bett hervorgezogen hatte, stopfte ich die Dinge dort hinein. Ich schlüpfte in meinen Mantel und Überkleidung, trat zu dem Hauptmann nach draußen und er nahm mir die Tasche ab. Er formte mit seinen Händen eine Trittleiter für mich, um mir auf das zusätzliche Pferd zu helfen, das er für Ethan mitgebracht haben musste.

Als ich im Sattel saß, wandte er sich mir zu. „Ich hoffe, Sie können reiten."

Ich nickte einmal und er setzte sein Pferd in Bewegung. „In der Tat."

ETHAN

Bis jetzt hatte ich meinen Beruf nie als Hindernis meines Lebensstils betrachtet. In weniger als einer Woche hatte Daisy jeden Teil meines Tages infiltriert und ich fand, dass meine Arbeit meine Zeit mit ihr störte. Mein Leben war auf den Kopf gestellt worden...und es gefiel mir. Jetzt war nicht nur mein Bett warm und mein Schwanz wurde täglich – wenn nicht sogar stündlich – befriedigt, sondern sie gab mir auch das Gefühl...ganz zu sein. Ich sehnte mich danach, nach Hause zurückzukehren und sie zu sehen, mit ihr zu reden, mehr über sie zu erfahren. Ich wollte einfach nur mit ihr *zusammen* sein. Deswegen trieb ich mein Pferd dazu an, sich etwas schneller vorwärts zu bewegen.

Als ich das Tier im Mietstall untergebracht und meine Tasche an ihrem üblichen Platz neben der Tür deponiert hatte, wusste ich, dass sie nicht zu Hause war. Es war zu ruhig. Selbst wenn sie still in der Stube lesen würde, wäre ihre Gegenwart offenkundig. Das Haus war so leer wie es das immer gewesen war. Bis vor kurzem hatte es nicht diesen Eindruck erweckt und ich war enttäuscht. Die Sonne ging unter und ich fragte mich, wo sie war. Anstatt meine Überkleidung abzulegen, setzte ich meinen Hut auf und ging wieder nach draußen, um meine Frau zu suchen.

„Sie ist mit einem Mann vom Militär losgezogen", erzählte mir Mr. Anderson einige Minuten später. Er wohnte im Haus nebenan. Er war Ende sechzig und hatte einen Kopf voller schockierend weißer Haare. Er hatte westlich der Stadt eine Ranch geführt, bis sein Sohn sie übernommen hatte. In die Stadt zu ziehen, war der Wunsch seiner Frau gewesen, also hatten sie das kleine Haus nebenan gekauft. Ich hatte viele Sonntagsmahlzeiten bei ihnen verbracht und ich mochte das Ehepaar sehr gern.

Mr. Anderson war auf seine Veranda getreten, um Schnee wegzufegen und ich hatte ihn nach Daisy gefragt. Er ging wegen seines Rheuma nicht oft nach draußen, wenn es bitterkalt war, aber ich wusste, dass er die Vorgänge in der Stadt beobachtete.

Seine Worte veranlassten mich dazu, mich langsam zu ihm zu drehen, zu seiner Veranda hochzulaufen und mich neben ihn zu stellen. „Ein Mann vom Militär?", wiederholte ich. Furcht breite sich in meinem Magen aus.

Mr. Andersons Haare fielen ihm in die Stirn, als er nickte. „Ein Hauptmann, glaube ich, wenn mich meine Erinnerung nicht trügt."

„Wirkte sie...bedrückt über ihre Abreise?" Ich sprach mit ruhiger Stimme, aber im Inneren drehte sich mir der Magen um. Was zur Hölle trieb Daisy mit jemandem aus der Armee?

„Bedrückt?" Er kratzte sich am Kopf. „Er hatte ein Pferd für sie zum Reiten und benahm sich wie ein Gentleman. Hat ihr aufs Pferd geholfen, ihr die Tasche abgenommen."

„Ihr die Tasche abgenommen?", echote ich. Ich rieb mir mit der Hand über den Nacken. Ich musste vorsichtig vorgehen, da es nicht Mr. Andersons Schuld war, falls Daisy in etwas...Schlimmes involviert war. Ich wollte nicht, dass er ein schlechtes Gewissen hatte, weil er sie nicht aufgehalten hatte, als er die Chance dazu gehabt hatte. Was zur Hölle machte sie mit einer Tasche? Wenn der Mann ihr hätte schaden wollen, hätte er doch sicherlich nicht erlaubt, dass sie eine Tasche mitnahm. Aber sie würde auch nicht einfach so mit einem Fremden mitgehen. Kannte sie den Mann? Ich dachte einen flüchtigen Augenblick daran, dass sie mich für einen anderen verließ, aber ich tat diese Vorstellung sofort ab. Nach der vergangenen Nacht gab es keine Möglichkeit, dass es einen anderen Mann in ihrem Leben gab. „Es tut mir leid, Mr. Anderson, aber ich würde sie gerne finden. Auch wenn wir noch nicht lange verheiratet sind, tendiere ich doch dazu, mir Sorgen zu machen. In welche Richtung sind sie geritten?"

Er deutete aus der Stadt. „Osten und das sehr schnell."

Ich bedankte mich bei dem Mann und rannte förmlich zum Mietstall, um mein Pferd zu holen. Ich dachte zurück zu dem Moment, als ein Mann vom Militär zu meinem Haus gekommen war, als ich dreizehn gewesen war. Georgia hatte aus Ruinen bestanden. Die Männer waren alle in den Krieg gezogen und der einzige Schutz, den meine Mutter und Schwester gehabt hatten, war ich gewesen und ich war zu klein, zu schwach gewesen, um sie zu retten. Ich war geschlagen worden und hatte nichts tun können, um die Männer aufzuhalten. Wohingegen der Mann, von dem Mr. Anderson erzählt hatte, ehrenhaft gewirkt hatte, hatten die Männer in Georgia keine Ehre besessen. Ganz im Gegenteil. Tatsächlich konnte ich immer noch die Schreie meiner Mutter und Schwester hören, als die Bande Männer sich gewaltsam an ihnen vergangen und sie anschließend getötet hatte. Ich war zurückgelassen worden, um sie mit der Hilfe einiger anderer Nachbarn zu beerdigen, mein Arm gebrochen und in einer Schlinge.

Das war nicht der Krieg und Daisy war keine Südstaatlerin. Ich war nicht länger jung oder schwach. Aber diese Tatsache konnte meine Sorgen nicht mildern und ich war krank vor Angst. Was, wenn dieser Mann vom Militär beabsichtigte, Daisy zu schaden? Was, wenn mir das Böse wieder jemanden nahm? Ich war nicht in der Stadt gewesen, um sie zu beschützen, sondern hatte mich um die Baker Kinder und ihren Mumps gekümmert. Mein Beruf hatte mich davon abgehalten, mich um die eine Person zu kümmern, die mich brauchte. Sie war meine Verantwortung und ich hatte sie enttäuscht. Ich fühlte mich hilflos und völlig außer Kontrolle und wollte eine Wand einschlagen, etwas treten, meine Kleider vor Frust zerreißen. Als ich mein Pferd Richtung Osten trieb, fragte ich mich – und fürchtete – ob ich noch eine Person verlieren würde, die ich liebte.

11

AISY

Als Garrison und ich schließlich mit Hauptmann Archer am Ort des Überfalls ankamen, war bereits ein weiterer Mann verstorben. Die anderen Verletzten waren, so gut es ging, versorgt worden, aber die Sachen, die ich eingepackt hatte, waren hilfreich, um die Verletzungen zu behandeln. Ein Mann brauchte ein wenig von dem Äther, damit sein Knochen gerichtet werden konnte. Ein anderer brauchte es, damit man ihm eine Kugel aus der Schulter entfernen konnte. Da meine Hände die kleinsten waren, wurde mir diese Aufgabe übertragen. Garrison hatte dabei geholfen, aus Decken und Holz Schlitten zu bauen, die hinter einem Pferd hergezogen werden konnten. Ich hatte währenddessen Wunden gereinigt und zerrissenes Fleisch genäht.

Ich hatte keine Ahnung, wie Ethan das tat. Tagein Tagaus hatte er mit der rauen Seite des Lebens zu tun.

Schwere Verletzungen, Krankheiten, entstellende Verbrennungen, sogar Wunden, die er nicht behandeln konnte und stattdessen der Person beim Sterben zusehen musste. Das Ganze war schrecklich und stressig und grausam. Wie er eine Fassade von Normalität aufrecht erhalten konnte, entzog sich meinem Verständnis. Ich hatte über die zwei Männer, die noch vor wenigen Stunden lebendig und gesund gewesen war, weinen wollen. Ich wollte die Männer verfluchen, die so herzlos waren, solch sinnlosen Schaden anzurichten.

Man beschloss, dass die Gruppe in die Stadt reiten würde, anstatt weiter nach Fort Dixon zu reisen. Die Distanz war viel geringer und Essen und Unterschlupf waren momentan wichtiger als die Rückkehr zu ihrer Truppe. Während die letzten Strahlen des Tageslichts die Berge in der Ferne umrissen, machten wir uns langsam auf den Weg Richtung Stadt. Ein Pferd und Reiter ließen uns abrupt innehalten und Gewehre wurden gezogen, entriegelt und angesetzt. Zuvor waren die Männer aus dem Hinterhalt angegriffen worden, aber dieses Mal waren sie bereit. Garrison und Hauptmann Archer befanden sich an meinen Seiten, der Rest der Truppe ritt vor mir.

„Identifizieren Sie sich!", schrie der Mann an der Spitze.

„Doktor Ethan James." Seine Stimme durchdrang die ruhige Nacht. Das tiefe Rumpeln seiner Stimme jagte mir eine Gänsehaut über den Rücken.

„Doktor, ich bin Garrison Lee", rief dieser. „Ihre Frau ist bei mir, in Sicherheit."

„Senkt die Waffen", schrie Hauptmann Archer und die Gewehre – außer von denen, die Wache hielten – wurden weggesteckt.

Ich sah zu Garrison, dessen Schultern sich entspannten. Er sprach mit leiser Stimme zu mir. „Ich glaube, dein

Ehemann ist wegen dir hier. Hast du ihm eine Nachricht über deinen Aufenthaltsort hinterlassen? Nach deinem Gesichtsausdruck zu urteilen, gehe ich von einem Nein aus." Er schüttelte seinen Kopf und schloss kurz die Augen. „Ich weiß genau, was er gerade fühlt und das bedeutet nichts Gutes für dich."

Die Truppe teilte sich, um Ethan zu erlauben durch ihre Mitte zu reiten und vor mir anzuhalten. Hauptmann Archer stellte sich vor.

Ethan sah zu Garrison, dann Hauptmann Archer, dann zu mir. Er drehte seinen Kopf nicht, als er sprach: „Ich hörte von meinem Nachbar, dass ein Mann vom Militär meine Frau mitgenommen hat. Ich gebe zu, Hauptmann, dass ich eine aufrichtige und tiefverwurzelte Abneigung gegen das Militär hege, aber wie ich sehe, ist meine Frau in Sicherheit und das ist alles, was zählt."

Sein Akzent war stark. Dieses Mal war das allerdings nicht, weil er erregt war.

„Sie klingen, als wären sie weit weg von Zuhause. Ich nehme an, Sie haben Ihrem Land gedient." Falls sich Hauptmann Archer an Ethans Einstellung störte, so zeigte er es nicht.

„Falls Sie sich auf die Konföderation beziehen, dann liegen Sie richtig. Georgia 18. Infanterie Register. Aber ich habe nicht für das Kriegsziel gekämpft. Ich kämpfte, weil mir das Kleider und Essen einbrachte."

Ich hatte nie von Ethans Vergangenheit gewusst, dass er während des Bürgerkrieges gedient hatte. „Du musst zu jung zum Kämpfen gewesen sein", sagte ich, nachdem ich einige schnelle Berechnungen angestellt hatte.

„Dreizehn."

Ich keuchte. „Du warst noch ein Kind!"

Er neigte seinen Kopf zur Seite und fuhr fort, mich

anzustarren. „Deine Familie ist in einem Feuer gestorben, Liebes. Meine Familie ist im Krieg gestorben."

Ich fühlte für den Jungen, der er gewesen war und der seine Familie in einem solch eindrücklichen Alter verloren hatte. Ich war drei gewesen und hatte keine richtigen Erinnerungen an meine. „Deine Mutter ebenfalls?"

Ethan presste sein Kiefer zusammen. „Meine Mutter und Schwester wurden ermordet. Soldaten, die beabsichtigten mehr vom Süden zu nehmen als erforderlich war."

Sein Akzent äußerte sich stärker als jemals zuvor.

Tränen stiegen mir in die Augen. Jetzt wusste ich, warum Ethan Kontrolle brauchte. Sie war ihm entrissen worden, als er jung gewesen war und seitdem hatte er versucht, sie wieder zu erlangen. Sein Beruf, der Versuch Leben zu retten, machte nun ebenfalls Sinn. Er verlieh ihm die Macht, die Fähigkeit, Menschen zu helfen, sich nie wieder schwach oder hilflos zu fühlen.

Aber ich konnte ihm das antun. Immer wieder hatte ich diese Gefühle in ihm hervorgerufen.

„Oh, Ethan", murmelte ich, während eine heiße Träne über meine Wange glitt. Er hatte solch eine unnachgiebige Kontrolle über sein Leben gehabt, bis ich hineingetreten war. Ich hatte ihm seine Wahl bezüglich einer Ehefrau genommen. Ich hatte ihn in diese Ehe gezwungen, um meine Tugend und seine Ehre zu beschützen. Ich hatte überstürzt gehandelt, was mein Leben in Gefahr gebracht hatte. Die einzige Möglichkeit für ihn, in diesen Momenten die Kontrolle zu erlangen, war, mich zu bestrafen, um mir hoffentlich beizubringen, dass ich so etwas nie wieder tat. Aber heute, das Wissen – selbst für so eine kurze Zeit – dass ich mit einer Gruppe vom Militär unterwegs war, musste ihn praktisch zerstört haben.

Brandzeichen & Bänder

„Ihr Dienst, Doktor, ist beeindruckend", sagte Hauptmann Archer. „Ich bin in dem Alter auf Bäume geklettert und habe Mädchen geärgert. Ich hatte gehofft, Ihre Hilfe für die Verwundeten zu erwerben, aber Ihre Frau und Mr. Lee waren ein exzellenter Ersatz."

Ethan nahm die Worte des Mannes zwar zur Kenntnis, aber hatte nur Augen für mich. „Da die Verwundeten, wie Sie sagen, versorgt worden sind, werden meine Frau und ich in der Stadt zu Ihnen stoßen. Hauptmann Archer, Garrison, Danke, dass Sie auf meine Frau aufgepasst haben."

Garrison tippte sich an den Hut, aber schwieg, während er mit dem Hauptmann in die Dunkelheit davonritt.

Die Nacht war ruhig, aber die Luft war kalt. Ethans Kiefer war fest zusammengepresst und sein Rücken war steif. Weiße Luftwölkchen entkamen seinem Mund bei einem tiefen Ausatmen und ich beobachtete, wie sich seine Schultern entspannten.

„Geht es dir wirklich gut?", erkundigte er sich.

Ich nickte und begann, heftig zu weinen. Als ich wieder sprechen konnte, murmelte ich: „Ja, ganz gut. Ich…ich habe dir keine Nachricht hinterlassen. Ich war in Eile und ich habe nicht nachgedacht und ich habe dich schrecklich verletzt. Es tut mir leid, Ethan."

„Du bist zu Garrison gegangen, um nach Hilfe zu fragen?"

Ich nickte, während ich deutete. „Seine Ranch lag auf dem Weg und ich dachte, sie könnten neben mir jeden fähigen Mann brauchen." Ich hielt inne, erlaubte der Stille der Nacht, sich über uns zu legen. „Ich weiß nicht, wie du es machst. Als Hauptmann Archer zur Tür kam, wollte ich einfach nur helfen. Ich habe an nichts anderes gedacht, als mich um die Verletzten zu kümmern. Dann der Ort des Überfalls…es war furchtbar. Zwei Männer sind gestorben."

Ich wischte mir mit meinen behandschuhten Händen über die Wangen und schniefte.

„Manchmal ist es zu spät, ganz egal, wie sehr du dich bemühst, wie schnell du am Unfallort ankommst." Seine Stimme war so flach und neutral wie die jeder Person, die solche Gewalt und Traurigkeit zuvor schon durchlebt hatte.

„Wie gehst du tagein tagaus mit einem solchen Kummer und Schmerz um?"

Ich sah ihn die Achseln zucken. „Ich habe mich an den Kummer gewöhnt."

Ich fühlte mich, als wäre mir die Luft aus den Lungen gepresst worden. Ich wollte nicht, dass Ethan an Kummer *gewöhnt* war. Ich wollte seinen Kummer nicht auch noch vergrößern. Ich wollte ihm stattdessen Freude bereiten.

„Wir müssen aus der Kälte", murmelte er. „Komm."

Er wandte sein Pferd und wir ritten schweigend zurück in die Stadt. Selbst nachdem er die Baker Familie behandelt und herausgefunden hatte, dass ich ohne eine Nachricht verschwunden und aus einem mysteriösen Grund mit jemandem aus der Armee gegangen war, machte er sich noch Sorgen um meine Behaglichkeit. Ich machte ihm seine Wut, Angst oder Frust nicht zum Vorwurf. Ich würde es ihm nicht vorwerfen, wenn er mich bis zur Frühjahrsschmelze bestrafen wollen würde. Ich wollte einfach nur seine Bürde verringern, da sie zwar unsichtbar, aber ziemlich schwer war.

Ich verfügte über die beeindruckende Macht, Ethan auf eine Weise verletzen zu können, die er höchstwahrscheinlich seit dem Bürgerkrieg nicht mehr erlebt hatte. Ich hatte nie gedacht, dass ich viel Aufmerksamkeit erhielt, da ich in einer so großen Familie eine von vielen gewesen war. Von Ethan erhielt ich jedoch die gesamte Aufmerksamkeit. Ich war der Mittelpunkt seiner Aufmerksamkeit. Selbst nach nur wenigen Tagen der Ehe war ich seine Welt und ich verstand so langsam diese Macht.

Das war das, was Ethan solche Angst bereitete. Das war das, was ihn dazu gebracht hatte, loszureiten, um sich einer Armeetruppe zu stellen, nur um für meine Sicherheit zu sorgen. Ich hatte die Fähigkeit, ihm unaussprechlichen Kummer zu bereiten, den er nicht kontrollieren konnte. Als wir durch die Eingangstür unser Haus betraten und er mir aus meinem Mantel half, gab es eine Sache, die ich tun konnte.

Ich konnte ihm seine Macht zurückgeben. Sie gehörte mir nicht, denn ich gehörte ihm, genauso wie meine Stärke. Mich seiner Dominanz zu unterwerfen, war machtvoll genug.

―――

ETHAN

Auf die Gruppe Soldaten zu treffen, hatte alle möglichen alten seelischen Wunden aufgerissen. Ich hatte sie wieder und wieder geflickt und würde sie als verheilt betrachten, aber in einem Moment wie diesem, wenn sich die Vergangenheit wiederholte und Daisy verletzt oder getötet hätte werden können, blutete ich wieder.

Als ich Garrisons Stimme in der Dunkelheit gehört hatte, die mir versichert hatte, dass es ihr gut ging, war ich vor Erleichterung zusammengesackt. Hauptmann Archer schien recht freundlich zu sein, vor allem nachdem ich ihm den Grund für meine intensiven Gefühle geschildert hatte. Dankbar, dass meine Dienste nicht länger von

Nöten waren, hatte ich mich auf Daisy konzentrieren können.

Ihr ging es gut, sie war gesund und ausgesprochen hübsch. Sie war ebenfalls bestürzt, da ihr das Ausmaß ihrer Sorglosigkeit bewusstgeworden war. Ich hegte keinerlei Zweifel daran, dass sie in ihrer Eile vergessen hatte, mir eine Nachricht zu hinterlassen. Ich erinnerte mich noch an die ersten Tage als Arzt, als das Herzrasen und der intensive Fokus, den ein Notfall mit sich brachte, einen dazu gebracht hatte, wie mit Scheuklappen herumzulaufen. Ich hatte einmal in meinem Schlafanzug eine Operation durchgeführt, weil ich so besorgt um den Patienten gewesen war, dass ich vergessen hatte, mich anzuziehen. Ein anderes Mal hatte ich bei einem Hausbesuch meine Arzttasche vergessen.

Mit den Jahren hatte ich diesen intensiven Rausch gezähmt und konnte ihn kanalisieren und zu meinem Vorteil nutzen. Glücklicherweise verfügte Daisy über genug Voraussicht, sodass sie Garrisons Hilfe hinzugezogen hatte, was mich immens beruhigt hatte. Ich wusste, dass er sie mit seinem Leben beschützen würde, genauso wie ich es mit Dahlia oder jeder anderen Lenox tun würde.

Aber die Angst und Frust köchelten in mir, blieben bestehen. Ich brauchte ein Ventil für diese…brodelnde Aggression. Ich nahm Daisy den Mantel ab und hängte ihn an einen Haken neben der Tür. Während ich meinen ablegte, beobachtete ich, wie sie auf ihre Knie fiel. Meine Finger verharrten über den Knöpfen und ich sah sie mit gerunzelter Stirn an.

„Bestrafe mich", flüsterte sie.

Mein Herz setzte bei ihrem Anblick vor mir, bei ihren Worten einen Schlag aus. Als ich nichts sagte, wiederholte sie die Worte.

„Bestrafe mich, Ethan. Ich brauche es. *Du* brauchst es."

„Für was, Liebes?"

Ich versuchte ruhig zu bleiben, aber all die Emotionen der vergangenen paar Stunden traten an die Oberfläche. Sie hatte recht. Ich *brauchte* es, sie zu bestrafen.

„Dafür, dass ich dir Angst gemacht habe. Dass ich dich die Kontrolle habe verlieren lassen. Ich verstehe es jetzt."

Meine Augenbrauen schossen in die Höhe. „Du verstehst was?"

„Dass du, wenn du fordernd bist, wenn du mich an meine Grenzen bringst, mich bestrafst...mich dominierst, das tust, weil ich dir wichtig bin. Wenn deine Hände auf mir liegen, weißt du, dass ich in Sicherheit bin, dass ich beschützt und wertgeschätzt werde. Wenn du mir den Hintern versohlst, ist das deine Art, mich festzuhalten."

Meine Frau war so klug, so intuitiv. Ich erkannte ihre Bedürfnisse und sie erkannte meine. Ich streckte meine Hand aus und streichelte über ihre dunklen Haare. „Gott, du bist so wunderschön", murmelte ich.

Sie sah zu mir auf und lächelte, während ihre Hände meinen Unterarm umklammerten. „Bitte, Ethan."

„Warum?", fragte ich. Meine Finger streichelten unterdessen über ihre kühle Wange. Ihre Haut war von dem kalten Wind rosig.

„Es ist der einzige Weg, dich zu beruhigen. Ich bin diejenige, die dir das geben kann. Ich sehe es dir an, weiß, dass du ein Ventil dafür brauchst."

Sie *war* diejenige, die mir das geben konnte. Während ich zwar Patienten behandeln konnte und wusste, dass ich ihnen mit meiner Fürsorge geholfen hatte, beruhigte das trotzdem nicht die Rastlosigkeit in meinem Inneren. Nur sie konnte das, unter meiner Hand, unter meinem Körper.

Ich sehnte mich danach, zu tun, was sie verlangte, die

Spannung zu erleichtern, die Raserei, die Wut, die in mir kochte. „Ich kann nicht sanft sein."

Sie schüttelte den Kopf. „Nein. Ich will nicht, dass du sanft bist. Ich muss wissen, dass ich loslassen kann, dass ich mich dir hingeben kann und dass du dich um mich kümmern wirst."

In dem Wissen, dass sie nicht in Panik über die Intensität meines Verlangens nach ihr davonrennen würde, zog ich meinen Mantel aus und schaute wieder auf sie hinab, dieses Mal mit diesem harten Funkeln, das ich nur bei ihr anwandte.

Ich neigte mein Kinn. „Öffne meine Hose und hol meinen Schwanz raus."

Ihre Finger machten sich eifrig ans Werk, um mir zu gehorchen. Sie war noch nie zuvor so gewesen, vor mir auf ihren Knien, in einer Pose wahrhafter Unterwerfung. Ich bezweifelte, dass sie wusste, dass es verdammt erregend war, aber sie würde es schon bald herausfinden.

„Du wirst mir den Schwanz blasen, Liebes. Du wirst mich in deinen Mund nehmen und ich werde kommen."

Mit der Spitze ihres Daumens wischte sie über die Flüssigkeit, die aus der Spitze quoll. Ich war so hart, so kurz davor zu kommen und ich hatte noch nicht einmal das feste Saugen ihres Mundes gespürt oder das heiße Gleiten ihrer Zunge.

Zögerlich leckte sie über die breite Spitze, dann nahm sie mich tief auf. Ich vergrub meine Finger in ihren Haaren, hielt mich fest und begann, sie zu bewegen, wie ich es wollte. Sie war ein Naturtalent, glitt mit ihrer Zunge meine Länge entlang, dann nahm sie mich tief auf. Ihre dunklen Augen waren auf meine gerichtet, beobachteten mich.

„Das wird schnell gehen. Mach dich bereit für meinen Samen, Liebes. Schluck ihn runter."

Meine Hüften bewegten sich aus eigenem Willen, begierig nach der Erlösung. Als sie meine Hoden in eine kleine Hand nahm, ließ ich los. Ich schob mich in sie, spannte mich an und zischte, als mein Vergnügen über mich wusch und Strahl um Strahl aus mir schoss.

Ich atmete aus und entspannte mich nun, da der Druck meines anfänglichen Verlangens verringert worden war. Als ich mich zurückzog, war mein Schwanz feucht und halbsteif – ich bezweifelte, dass er jemals vollständig erschlaffen würde, wenn Daisy in der Nähe war. Ich führte meinen Daumen an ihren Mundwinkel und wischte einen Tropfen Samen, der entkommen war, weg.

„Geh zum Schlafzimmer. Ich will dich nackt und bereit für deine Bestrafung. Du hast zwei Minuten."

Nachdem ich ihr geholfen hatte, sich aufzurichten, drehte sie sich um und tat wie befohlen, ohne Fragen zu stellen. Ich nutzte die Zeit, um mich zu beruhigen und zu erkennen, dass ich zwar gekommen war, aber mein Verlangen, Daisy zu dominieren, nicht nachgelassen hatte. Da die erste Erlösung nun aus dem Weg war, konnte ich die ganze Nacht durchhalten und ich beabsichtigte, genau das zu tun.

Als ich das Schlafzimmer betrat, befand sich Daisy auf allen vieren auf dem Bett, den Kopf nach unten und den Arsch in der Höhe. Das sanfte Laternenlicht ließ ihre Haut leuchten. Ihre Wange war gegen die Decke gepresst und sie sah mich mit etwas wie Liebe an. Ihr Blick sank zu meinem Schwanz, der aus der Öffnung meiner Hose ragte. Als sie das Seil in meinen Händen erblickte, veränderte sich ihr Blick zu Angst, aber wurde schnell von Verlangen ersetzt.

„Ich würde dir niemals wehtun", murmelte ich, während ich das weiche Seil abrollte.

„Ich weiß."

Ich warf es auf das Bett und ließ es in die Nähe ihres Kopfes fallen, damit sie es anschauen und sich fragen konnte, was ich damit vorhatte, während ich mich auszog.

Als ich zu ihr aufs Bett krabbelte, hatte ich einen fantastischen Blick auf ihren blassen Po und den Schatz dazwischen: ihr jungfräuliches Loch und ihre Pussy, die feucht vor Erregung war. Auch wenn ich bereit war, sie wieder zu ficken, mit ihrem Arsch zu spielen und sie zu dehnen, damit ich sie dort ficken konnte, musste sie zuerst bestraft werden.

„Gib mir deine Hände."

Langsam brachte sie sie hinter ihren Rücken. Ich packte ihre Handgelenke und nutzte das Seil, um sie zusammenzubinden. Anschließend überprüfte ich, dass sie nicht zu fest saßen. Ihr Anblick, gefesselt und auf unserem Bett, nackt und bereit für alles, was ich mit ihr tun würde, egal ob es darum ging, ihren Hintern zu versohlen oder zu dehnen oder sie zu ficken, beruhigte mich. Als meine Hand auf die weiche Rundung ihres Hinterns niedersauste und ich beobachtete, wie mein Handabdruck leuchtend rosa erblühte, geriet die Welt wieder in die richtige Bahn. Als ich ihr Keuchen hörte, dann beobachtete, wie sie weich wurde und sich all ihre Muskeln entspannten, wusste ich, dass sie einen *Frieden* gefunden hatte, den nur ich ihr geben konnte.

Sie war das, was ich vermisst hatte, was ich brauchte. Ich war nicht ganz gewesen, bis ich sie gefunden hatte, bis sie mir gefolgt war. Sie war, wonach ich mein ganzes Leben gesucht, aber nie gewusst hatte, das ich es brauchte.

„Ich liebe dich, Daisy."

Ich beugte mich nach vorne und küsste mich zu ihrer Wirbelsäule hinunter, während ich ihr einen weiteren Schlag verpasste.

12

AISY

Ich war ganz und gar gefangen. Ich konnte mich nicht bewegen, da meine Hände hinter meinen Rücken gefesselt waren und Ethan sich über mir befand. Ich wusste, ich konnte nichts anderes tun, als zu akzeptieren, was auch immer er beschloss, mit mir zu tun. Ich schmeckte immer noch seinen Samen auf meiner Zunge und wusste, dass, obwohl ich mich auf den Knien befunden und mich unterworfen hatte, seinen Schwanz in meinen Mund zu nehmen, er weniger Kontrolle gehabt hatte als ich.

Ich hatte in diesem Moment die Macht gehabt und ich hatte es genossen, ihm das Vergnügen zu verschaffen, nach dem sich sein Körper verzehrte. Seine Finger hatten sich in meine Haare gekrallt und ich war bereit für seine Erlösung gewesen. Sie war reichlich gewesen und ich hatte mich anstrengen müssen, alles zu schlucken. Aber ich hatte gewusst, dass dies meine Stellung, meine Aufgabe war, seine

Bürde zu verringern und ihm zu zeigen, dass ich bei ihm und in Sicherheit und seiner Gnade ausgeliefert war.

Klatsch.

Während er meinen Rücken hinabküsste und seine Hand auf meinen Po klatschte, brachte mich diese Dominanz dazu, aufzuschreien und ließ meine Pussy vor Verlangen auslaufen. Aber erst seine Worte hatten dafür gesorgt, dass Tränen über meine Wangen gerollt waren.

Ich liebe dich.

Ich hatte aus Liebe heiraten wollen, aber hatte nicht gedacht, dass es mit Ethan geschehen würde. Ich hatte ihn praktisch in die Ehe gezwungen, aber innerhalb weniger Tage war er mir verfallen. Genauso wie ich ihm.

Wir waren eins. Es war, als ob eine Hälfte von mir dort draußen gewesen wäre und sie mir gefehlt hätte. Als ich ihm im Warenladen begegnet war, hatte ich einen Blick darauf erhascht und mich danach verzehrt, aber jetzt wusste ich es. Er gehörte genauso zu mir wie ich zu ihm.

Ich gab ihm, was er brauchte und erhielt im Gegenzug das Gleiche. Ich brauchte es, dass mir der Hintern versohlt wurde. Brauchte das Wissen, dass die Liebe, die er für mich empfand, einen körperlichen und auch einen emotionalen Aspekt hatte. Er erinnerte mich mit jedem Schlag seiner Hand, mit der Hitze, die an die Oberfläche trat und meine Erregung und Verlangen steigerte, an seine Liebe.

„Ja, Ethan. Gott, ich liebe dich auch."

„Gut", knurrte er, während er innehielt und zärtlich über mein kribbelndes Fleisch streichelte. „Warum wird dir der Hintern versohlt, Liebes?"

„Weil ich dir keine Nachricht über meinen Aufenthaltsort hinterlassen habe."

Klatsch.

„Warum noch?"

„Weil ich deine Aufmerksamkeit brauche. Deine Liebe spüren muss. Wissen muss, dass du dich um mich kümmern wirst. Loslassen und mir von dir geben lassen muss, was ich brauche. Ich brauche *dich*, Ethan."

„Zur Hölle, ja", knurrte er, brachte seinen Penis in Position und glitt mit einem harten Stoß in mich.

„Ethan!", schrie ich. Er war so groß, so hart, so tief.

„Ich bin noch nicht fertig mit den Schlägen, Liebes. Mach dich bereit, das wird ein wilder Ritt."

Ich konnte nur stöhnen, als er sich zurückzog und genau in dem Moment tief in mich stieß, als er mir einen Schlag auf den Hintern verpasste.

„Du kannst kommen, aber nur, wenn ich es sage. Dein Vergnügen gehört mir."

Er begann, mich zu ficken und ich stand schnell kurz vor dem Höhepunkt, meine Haut war schweißnass, meine Finger krümmten sich hinter meinem Rücken.

„Ethan, ich...ich muss kommen."

Klatsch.

„Fühlst du dich verloren? Außer Kontrolle?"

„Ja!", schrie ich und versuchte, meine Hüften zu bewegen, um ihn tiefer aufzunehmen.

„So habe ich mich gefühlt, als ich erfahren habe, dass du mit dem Hauptmann gegangen bist. Ich war verzweifelt. Panisch."

Klatsch.

„Du wirst dich nicht in Gefahr bringen, Daisy. Jemals. Ich kann es nicht ertragen."

„Ethan...ich liebe dich."

Klatsch.

„Sag es wieder", keuchte er. Seine Hüften klatschten gegen meinen Po und ich konnte sein abgehacktes Atmen hören.

„Ich liebe dich."

Klatsch.

„Komm, Liebes. Komm mit mir."

Bei diesen Worten, auf seinen Befehl hin, kam ich. Ich schrie meine Erlösung hinaus, ließ mit jeder Faser meines Körpers los, denn ich wusste, dass es Ethan war, der diese guten Gefühle in mir weckt; dass Ethan das immer tun würde; dass er mich auffangen und beschützen würde.

Er röhrte seine eigene Erlösung hinaus und ich spürte sie tief in mir, seine heiße Essenz.

Nachdem er meine Hände befreit hatte, zog er mich auf meine Seite und nah an sich, wie zwei Löffel in einer Schublade. Meine Haut war feucht von Schweiß und ich spürte das wilde Pochen seines Herzens, das Heben und Senken seiner Brust.

Er nahm meine Handgelenke und überprüfte, dass er mir nicht wehgetan hatte, auch wenn sie rot waren.

„Wir sind noch nicht fertig, Liebes", flüsterte er mir ins Ohr. „Wir haben die ganze Nacht."

„Den Rest unseres Lebens", fügte ich hinzu.

Er pustete an meinen Hals und zog mich fest an sich, umfasste meine Brust mit seiner Hand. Ich spürte, dass er sich entspannte, es sich bequem machte. Ich hatte das Biest in ihm beruhigt.

„Den Rest unseres Lebens", wiederholte er, kurz bevor er mich auf meinen Rücken rollte und sich über mich beugte. Er küsste mich zuerst zärtlich, aber schon bald mit seinem Feuer und nie enden wollenden Begehren.

Da er entschlossen ist, sie zu beschützen, wird Jack alles, sogar Lilys Liebe, riskieren müssen, um sie zu retten.

Brandzeichen & Bänder

Jack Matthews kam ins Montana Territorium, um einen Gesetzlosen aufzuspüren, nicht um Anspruch auf eine Braut zu erheben. Aber als er Lily Lenox das erste Mal erblickt, wobei sie fast von einer Postkutsche überfahren wird, stellt er fest, dass er sie nicht gehen lassen möchte. Lily Lenox ist klug, zu klug, um sich von Jacks starken Armen und intensivem Blick einwickeln zu lassen. Und sie wäre ihm vielleicht auch entkommen, wenn er sie nicht geküsst hätte. Für eine Jungfer und Blaustrumpf, wie sie eine ist, ist es schier unmöglich, dem Heiratsantrag von Jack zu widerstehen. Innerhalb eines Tages vollzieht Lily die Wandlung von einer unschuldigen Jungfrau zu einer gut befriedigten und eroberten Ehefrau. Glücklich und verliebt stimmt Lily zu, auf Jack zu warten, der sie wegen seiner Arbeit verlässt mit dem Versprechen, zurückzukehren.

Jack hat seine Braut angelogen. Er ist weder Geschäftsmann noch Gentleman. Er ist ein Pinkerton Agent, der undercover arbeitet. Als Lily seine Lüge aufdeckt, ist sie entschlossen, ihn aufzuspüren. Schon bald darauf steckt Lily in Schwierigkeiten und bis zum Hals in Jacks Netz aus Gefahr und Lügen.

Lies jetzt Sättel & Schleifen!

Sehen Sie die Liste aller Vanessa Vale Bücher auf Deutsch. Klick hier.

HOLEN SIE SICH IHR KOSTENLOSES BUCH!

Tragen Sie sich in meine E-Mail Liste ein, um als erstes von Neuerscheinungen, kostenlosen Büchern, Sonderpreisen und anderen Zugaben zu erfahren.

kostenlosecowboyromantik.com

ÜBER DIE AUTORIN

Vanessa Vale ist eine USA Today Bestseller Autorin von über 60 Büchern. Dazu zählen sexy Liebesromane, einschließlich ihrer bekannten historischen Liebesserie Bridgewater, und heißen zeitgenössischen Romanzen, bei denen dreiste Bad Boys, die sich nicht nur verlieben, sondern Hals über Kopf für jemanden fallen, die Hauptrollen spielen. Wenn sie nicht schreibt, genießt Vanessa den Wahnsinn zwei Jungs großzuziehen, findet heraus wie viele Mahlzeiten man mit einem Schnellkochtopf zubereiten kann und unterrichtet einen ziemlich guten Karatekurs. Auch wenn sie nicht so bewandert in Social Media ist wie ihre Kinder, so liebt sie es dennoch, mit ihren Lesern zu interagieren.

BookBub

www.vanessavaleauthor.com

HOLE DIR JETZT DEUTSCHE BÜCHER VON VANESSA VALE!

Du kannst sie bei folgenden Händlern kaufen:

Amazon.de
Apple
Weltbild
Thalia
Bücher
eBook.de
Hugendubel
Mayersche

www.ingramcontent.com/pod-product-compliance
Lightning Source LLC
LaVergne TN
LVHW011835060526
838200LV00053B/4039